Reitking hat die Haare schön

… und andere Erfolgsgeheimnisse
männlicher Führung

Das Buch

Männliche Führungskräfte haben es nicht leicht. Sie müssen nicht nur die Konkurrenz auf Abstand halten, Leistungsdruck ertragen, erfolgreich und dabei originell sein, Stil und Haltung beweisen sowie Konflikte mit der Belegschaft und der Familie aushalten, nun kommen auch noch Work-Life-Balance, Homeoffice, digitale Transformation, Stakeholder- und Nachhaltigkeits-Management, Smart Home, Diversity, Selbstoptimierung, Agility und andere Zumutungen des modernen Lebens hinzu.

Und zu allem Überfluss sollen die männlichen Businesshelden dabei auch noch glücklich und ausgeglichen sein.

Wir werden in vierzig Kurzgeschichten Zeuge dieses ernüchternden Treibens. Ein Fazit dieser Geschichten sei vorweggenommen: Der männliche Manager bemüht sich stets, den Anforderungen gerecht zu werden. Und das ist doch schon mal ein Anfang!

Der Autor

Udo Hüls ist als selbstständiger Berater im Bereich Human Resources Management tätig. Zuvor arbeitete er viele Jahre im Top-Management internationaler Konzerne. Er studierte und promovierte im Fach Psychologie. Im BoD-Verlag ist bereits seine Erzählung 'Nachfolgeregelung' (2018) erschienen.

Udo Hüls

Reitking hat die Haare schön

… und andere Erfolgsgeheimnisse
männlicher Führung

Kurzgeschichten

Bibliografische Information der Deutschen Nationalbibliothek: Die Deutsche Nationalbibliothek verzeichnet diese Publikation in der Deutschen Nationalbibliografie; detaillierte bibliografische Daten sind im Internet über dnb.dnb.de abrufbar.

© 2020 Udo Hüls

Herstellung und Verlag:
BoD – Books on Demand, Norderstedt

ISBN: 9783751948531

Inhalt

Inhalt

Vorwort

Männliche Führungskräfte sind bei ihrer täglichen Jagd nach Erfolgen nicht zu beneiden. Einem permanenten äußeren und inneren Druck folgend, ist ihr ganzes Unterfangen früher oder später zum Scheitern verurteilt.

Dieses Buch begleitet sie dabei (meist) humoristisch, es beobachtet und notiert in satirischer Überzeichnung die kleinen und großen Schwächen der männlichen Businessakteure, ihre Eitelkeiten, Egoismen, Selbstsüchte, Missgeschicke, Fehlleistungen, Schummeleien, Selbsttäuschungen und Selbstüberschätzungen, die vielen egofreundlichen Verwechslungen von Ursache und Zufall, von Systematik und Glück.

Es karikiert ihre Wichtigtuereien, Aufschneidereien, Großmäuligkeiten, ihr inkonsequentes, oft widersprüchliches Handeln als Ausdruck gnadenloser Realitätsverleugnung sowie ihre Ruch- und Charakterlosigkeiten.

Manager, männliche zumal, haben diese Schwächen vermutlich in gleicher Ausprägung wie alle Menschen, doch aufgrund ihrer Fallhöhe und ihres Anspruchs, just diese Schwächen nicht zu besitzen oder sie zumindest erfolgreich zu kaschieren, wirken sie oft unfreiwillig komisch. Und auch, wenn die Konsequenzen für die Manager und vor allem ihr Umfeld zumeist alles andere als erheiternd sind, kann man ihnen einen gewissen Unterhaltungswert nicht absprechen.

In den vorliegenden Geschichten beschränke ich mich also ausschließlich auf männliche Protagonisten. Zwar glaube ich nicht, dass Frauen per se die besseren Managerinnen oder gar Menschen sind. Sie mögen andere Schwächen haben, dennoch steckt in ihnen nach meiner Beobachtung nicht annähernd so viel Plakatives und Klischeehaftes wie in der männlichen Businesselite. Außerdem und unabhängig davon: Bei Männern kenne ich mich halt besser aus – diesbezüglich jedenfalls.

Das hier Notierte sollte trotz aller Realitätsbezüge dennoch nicht übertrieben ernst genommen werden, Personen und Geschehnisse werden uns in dieser Überzeichnung wahrscheinlich nie begegnen.

Das wünsche ich uns jedenfalls!

Bei Nolte ist die Sache klar

„Schon gehört, Nolte hat Boreout!"

Merkheimer zieht Burchi ins Vertrauen.

„Was? Burnout? Der? Wie denn? Der hat sich doch noch nie kaputt gearbeitet."

„Nein, nicht Burnout – Boreout. Das ist ja der Grund, warum er Boreout hat, weil er nie was geschafft hat. Sämtliche Bemühungen, ihn ans Arbeiten zu kriegen, sind fehlgeschlagen, und schlussendlich hat Kronich ihn als Strafe Akten sortieren lassen mit den Worten, da müsse sich mal jemand verantwortlich drum kümmern, einer müsse es ja machen, und er kenne niemanden, der dafür derart gut geeignet wäre wie Nolte."

„Kronich ist halt ein Drecksack, das muss man ihm lassen. Lässt sich nichts gefallen. Geschieht Nolte irgendwie recht, immer auf Kosten der anderen Knochen und Nerven geschont, das hat er jetzt davon."

„Langsam, Nolte wäre nicht Nolte, wenn er da nicht noch einen draufgesetzt hätte, hat Arbeitswut simuliert."

„Was, Nolte bittet um richtige Arbeit? Dass ich das noch erleben darf. Und, was hat man ihm als Gnadenbrot gegeben? Die Gesamtleitung von ´Schlupfloch 21`, haha?"

„Er sollte sich um den ein- oder anderen Lieferanten kümmern, von A bis Z, ganzheitlich, und damit weniger sinnentleert arbeiten als bei der Aktensache. Aber so ernst hatte Nolte das mit dem Arbeitseifer dann wohl doch nicht gemeint, war dann scheint´s doch ein wenig zu stressig für die ruheverwöhnte Seele. Dann hat Kronich ihn halt wieder zu den Akten gesteckt. Nolte hat das aber nicht auf sich sitzen lassen und sich krankschreiben lassen, angeblich wegen Boreout. Wenn sie mich fragen, ist das alles nur vorgetäuscht."

„Genial, die Faulen sind doch immer noch die Kreativsten. Jeder Normalsterbliche würde einen auf Burnout machen, aber Nolte ist so clever zu wissen, dass ihm das keiner abkauft. Wie äußert sich eigentlich dieses Dings, dieses Boreout?"

„Eigentlich die gleichen Symptome wie bei Burnout. Fahle Gesichtsfarbe, sinnentleerter, traurig-starrer Blick, nur begrenzte Ansprechbarkeit, fehlende Kommunikationsfähigkeit, Antriebslosigkeit, jemand mit diesem Krankheitsbild …"

„…sieht aus wie der kerngesunde Nolte, haha."

„Aber dass sie das für sich behalten, kein Wort zu niemand!"

Burchis Frau ist zwar kein niemand, aber immerhin nicht direkt firmenzugehörig. Unter einem zuvor abgenommenen Schweigegelübde erzählt ihr Burchi, was er heute Mittag von Merkheimer gehört hat.

Burchis Gattin wiederum versteht sich blendend mit der Ehefrau von Herbold. Diese erfährt am nächsten Tag von Noltes Burnout-Erkrankung wegen Überlastung als Leiter des Projektes ´Schlupfloch21`, oder wie dieses Megaprojekt auch immer heißen mag.

Man hätte ihm jetzt zur Schonung seines strapazierten Nervenkostüms die Betreuung von Zulieferern zugewiesen, aber als sich herausstellte, dass Nolte immer noch völlig fertig war von all dem Stress und auch die Aktentätschelei nicht geholfen habe, sei er schließlich zusammengebrochen. So oder so ähnlich müsse es sich zugetragen habe, man kenne die Geschichte ja nur gerüchteweise, deshalb müsse Frau Herbold auch unbedingt schweigen wie ein Grab.

Herbold wird daraufhin von seiner Gattin unter der Zusicherung der Grabesverschwiegenheit unterrichtet, dass dessen Kollege Nolte ziemlich verschnupft darüber gewesen sei, dass man ihm ´Stuttgart21` entzogen habe. Er empfände dies als Kränkung, apropos Kränkung: Nolte wäre darüber glatt krank geworden, von wegen verschnupft und so.

Über Herbold gelangt die Nachricht zurück in den Betrieb zu Schwiller und von diesem zu Mullick, der darüber empört ist, wie die Firma mit einem langgedienten Kollegen, den er allerdings nur vom Hörensagen kenne, verfährt. Nur, weil der sich als Leiter von ´Stuttgart 21` (Mullick wusste gar nicht, dass die Firma bei ´Stuttgart 21` Karten im Spiel hat und noch weniger, dass Nolte hierfür der Gesamtverantwortliche ist) den Allerwertesten abgearbeitet, zum Schluss deswegen ein Burnout und dazu noch einen schweren Schnupfen erlitten hat, der dann zu allem Überfluss auch noch zum grippalen Infekt mutierte. Doch statt ihn nun zur Genesung nach Hause zu schicken, habe man ihn im Keller keimfrei, von den Kollegen separiert, Akten sortieren lassen. Nur, weil sich Nolte geweigert habe, krankgeschrieben zu werden.

„Solche Mitarbeiter muss man erst einmal finden, lassen sich lieber in Quarantäne stecken als zuhause zu bleiben, opfern sich auf, riskieren ihre Gesundheit, bloß, um nicht als Simulant dazustehen. Oder aus Pflichtgefühl. Alte Schule eben. Trotzdem: der Arbeitgeber hat doch eine Verantwortung. Nolte hätte nach Hause gemusst ins Bett."

„Aber man weiß doch gerüchteweise, wie Nolte tickt.", gibt Schwiller zu bedenken.

„Der ist ein Arbeitstier, sagt man. Wenn der drei Tage zuhause ist, reißt der die Tapete von den Wänden. Am Ende erleidet er vor Langeweile noch dieses neumodische Krankheitszeugs, dieses Bora-Syndrom."

Kronich wiederum ist schier fassungslos zu hören, was Fielich zu berichten weiß. Dass es sein ungeliebter Mitarbeiter Nolte nämlich nicht bei einer Boreout-Krankschreibung hatte bewenden lassen als Rache für die von Kronich erteilte Sanktion. Fielich wusste aufgrund eines zufällig und beiläufig aufgeschnappten Kantinengesprächs ziemlich vertrauenswürdig von den Mutmaßungen zu berichten, dass Nolte, so sagt man, sich aus dem Staub gemacht und das Land verlassen habe in Richtung eines steuerfreundlichen Südseeparadieses. Anscheinend war er nicht nur stinkfaul, sondern hatte auch noch Dreck am Stecken. Steuerschulden höchstwahrscheinlich, womöglich war er vor einem Strafbefehl wegen diverser Finanzbetrügereien, Steuerhinterziehung oder gar noch Schlimmerem geflohen.

„Nun ja", sinniert Fielich, „es gibt trostlosere Orte, dieses Schicksal zu ertragen, als Bora Bora."

Tauberhickelsheimer Turbokapitalismus

Betriebsversammlungen der Liebherz KG sind immer ein beschwingtes Vergnügen. Für Betriebsräte und Gewerkschaftsvertretungen, weil sie dem bösen Arbeitgeber mal so richtig die Leviten lesen können. Für die Geschäftsleitung, weil sie in den letzten Jahren meist positive Nachrichten verkünden konnte. Und für die Belegschaft, weil sie sich das Spektakel genüsslich betrachten kann und meist mit einem positiven Gefühl den Saal verlässt. Zum harmonischen Gesamtgefüge mag in der Vergangenheit auch maßgeblich beigetragen haben, dass sich die Belegschaftsvertreter mit Fundamentalkritik am Arbeitgeber doch merklich zurückhielten, man betonte mehr das Operative, sprach Konkretes statt Grundsätzliches an. Die anwesenden Gewerkschaftsvertreter wurden von Max Gurrer, dem Vorsitzenden des Betriebsrates, regelmäßig ermahnt, den Bogen nicht allzu weit zu spannen. „Von der Kritik an der Bundesregierung will hier in unserem schönen Tauberhickelsheim niemand etwas wissen, da hat jeder seine eigene Meinung dazu, da braucht es keine gewerkschaftliche Volkspädagogik.", waren regelmäßig seine mahnenden Worte an die Genossen Gewerkschaftsvertreter.

Max Gurrer ist mithin ein Vertreter der bodenständigen Sorte, partei- und gesellschaftspolitisches Lametta sind und waren nie seins. Er will die kleinen, aber für die Kolleginnen und Kollegen so wichtigen

Dinge verbessern, wie den Zuschuss zum Kantinenessen, die übertariflichen Zuschläge, er will Arbeitsplätze sichern und das Weihnachtsgeld. Das ist seine Welt, und die Belegschaft dankt es ihm, seit Jahren.

Auf der heutigen Betriebsversammlung ist wieder die ganze Prominenz vertreten, diesmal, auf persönliche Einladung von Max Gurrer, sogar der Bürgermeister. Max Gurrer hat ihm den eigentlichen Grund der Einladung verschwiegen, der da lautet: Druck auf die Geschäftsleitung aufbauen, den all die Jahre gewährten Zuschuss zum all die Jahre stattfindenden Brauereifest der Gemeinde Tauberhickelsheim auch dieses Jahr zu gewähren. Er hat läuten hören, dass die Geschäftsführung aufgrund des spürbaren Umsatzrückgangs darüber nachdenke, den Zuschuss – in der Regel zwei Biermarken und eine Butterbrezel - in diesem Jahr zu streichen. Gurrer hat Bürgermeister Haubichbacher allerdings nichts von seiner eigentlichen Absicht verraten aus Angst, dieser könnte sich vor den Karren gespannt fühlen. Also hat er es bei einer allgemein formulierten Einladung, um mehr „Glanz in unsere Hütte" zu bekommen, belassen.

Und so kommt der Kollege, Genosse und Betriebsratsvorsitzende Max Gurrer nach Eröffnung und Begrüßung der Anwesenden denn auch gleich zur Sache und nötigt Personalchef Heinfried Bechting, zum Zuschussthema Stellung zu beziehen. Da dieser zunächst ausweichend antwortet, macht sich große Unruhe in den Belegschaftsreihen breit und Gurrer hat ziemliche Mühe, wieder Ruhe in die Versammlung zu bekommen.

Nach einer erneut wachsweichen Antwort auf hartnäckiges Insistieren Gurrers hin („Wir müssen die Situation angesichts der Umsatz- und Ertragsrückgänge erst noch einmal prüfen.") dreht Gurrer auf: Es könne doch nicht angehen, dass diese Firma seit Jahren fette Gewinne einstreiche, nicht zuletzt zum Wohle der Geschäftsleitung und deren üppigen Boni, und dann ist einmal etwas Ebbe, und schon versuche man alles bei denen einzusparen, die am wenigsten haben und kaum von der erfolgreichen Vergangenheit profitiert haben. Vermutlich erkläre man den Anwesenden gleich noch, dass man bei den Führungskräften keine Abstriche bei Biermarken und Butterbrezel machen könne, sonst würden die alle ins Ausland gehen, wo die Gehälter zehnmal höher lägen, und dann … na, dann aber gute Nacht.

„Und schlussendlich werden sie uns vermutlich noch damit drohen, dass der Standort gleich mit verlegt wird an den Ort, wo die Führungskräfte zehnmal mehr verdienen, quasi als Einsparmaßnahme."

Riesengelächter im Publikum, Gejohle, Pfeifen, Rufe, stürmisches Durcheinander, laut, chaotisch.

Bürgermeister Haubichbacher macht Anstalten, etwas Beruhigendes zu der nun zunehmend aufgeheizten Atmosphäre beizutragen, doch Gurrer wittert die Chance, durch den Kollegen von der IG Metall noch etwas Brandstoff nachzulegen.

„Gleich, geschätzter Herr Bürgermeister, aber der Kollege Hieberer von der IG Metall hatte sich zuerst gemeldet. Markus, wenn du dann bitte …"

„Gerne. Es kotzt mich gelinde gesagt an, was wir hier erfahren müssen aus dem Munde der Geschäftsleitung. Da wird frech das Schicksal eines Unternehmens davon abhängig gemacht, dass die Belegschaft auf zwei Bier und eine Brezel verzichtet. Das ist Raubtierkapitalismus in Reinform. Hat man dafür Worte?"

Hieberer, in strammer Tradition gewerkschaftlicher Redekunst, ist ein großer Könner darin, einmal Gehörtes durch Übertreibungen und Verzerrungen in einen ´aufgepeppten` Neuzustand zu versetzen. Bei Hieberer ist es nur ein schmaler Grat zwischen ´Butterbrezelgate` und Neoliberalismus, sind Biermarkenskandal und ´Cum-ex-Geschäfte` am Ende zwei Seiten ein und derselben Medaille.

„Herr Bürgermeister, zu dem, was wir hier und heute von der Geschäftsleitung gehört haben, dazu würde mich gleich brennend ihre Meinung interessieren, von wegen der Arbeitsplätze und der Steuerausfälle. Hier steht also, laut Herrn Bechting, ein Unternehmen am Abgrund, und schuld sind mal wieder die nimmersatten Kolleginnen und Kollegen. Ich kann nur sagen, weiter so. Aber die große Politik macht es uns doch vor: Steuererhöhungen, die vor allem die Kleinen treffen, Riesengeschenke an die Großindustrie und die Finanzmafia, Rentenkürzungen, Notstand in der Pflege und niemand, der dem amerikanischen Präsidenten mal die Meinung geigt."

„Markus, ich habe hier zwei Wortmeldungen, Herr Bürgermeister, sie kommen gleich dran, aber ich muss Herrn Bechting erst noch einmal die Gelegenheit zur Stellungnahme geben."

Bechting, sonst eher ´die graue Maus`, sieht seine Chance gekommen, durch eine wegweisende Einlassung Unternehmensgeschichte zu schreiben - mindestens.

„Also wirklich, Herr Hieberer, ihr verantwortungsloses Gerede von Standortverlagerung und Schließung, wie kommen sie auf diesen Schwachsinn? Davon hat doch niemand gesprochen, ich schon mal gar nicht. Aber eins ist sicherlich richtig: im Gegensatz zu ihnen müssen wir mit dem Geld haushalten. Ihren billigen Populismus können sie sich sparen, das Geld der anderen Leute ausgeben, das können sie, Geld, das *man*, geschweige denn *sie*, überhaupt noch nicht verdient hat, dabei den Standort schlecht reden, um mit der Krisenhetze Menschen zu fangen, womöglich noch nach dem Staat rufen, der durch Verbote, Protektionismus und Erhöhung der Sozialkosten und der Staatsquote ihre ideologiegetriebenen Versäumnisse wieder ausbügeln soll."

Grabesstille im Saal, einige mit offenem Mund, sich fragend, was das jetzt alles mit den zwei Biermarken und der Butterbrezel zu tun hat. Aber Bechting, einmal bei den makroökonomischen Gesamtzusammenhängen angelangt, ist jetzt nicht mehr zu stoppen.

„Aber klar, da haben wir es wieder, typisch Sozis. Erst glücklich sein, wenn alles Vermögen verteilt ist. Ach was, erst glücklich, wenn es gar kein Vermögen mehr gibt, weil dann die große Stunde der Staatsgewalt schlägt, endlich ist der böse Markt am Boden, endlich können die Bürokraten, Ideologen und Gerechtigkeitsapostel der Politik und Verwaltung ihre

Macht ausspielen, endlich haben sie überhaupt wieder Macht, nachdem ihnen vorher der Markt jegliche Wichtigkeit weggenommen hat. Und dann alles zentral vorschreiben und regulieren und sich bei der Arbeiterklasse anbiedern, Unternehmer beleidigen und in die Ecke stellen, die das Ganze überhaupt erst möglich machen mit ihrem Mut und Fleiß. Aber sie lassen lieber Chancen liegen, Hauptsache alle sind gleich arm, statt dass es allen besser geht, aber nein, dann könnten ja einige darunter sein, denen es noch ein klitzekleines bisschen besser geht als den anderen. Um Himmels Willen, soviel Ungleichheit hält meine neidgeplagte Seele nicht aus." Großdeuter Bechting verzieht das Gesicht zu einer abfälligen Grimasse.

„Dann lieber nach dem umverteilenden Staat rufen, der kriegt sein Geld zwar auch nur von just diesen Kapitalistenschweinen, über die Steuern nämlich, aber wer will denn gleich so kompliziert denken, wenn es der ideologischen Schönheit schadet. Geld scheint doch immer genug da zu sein, über die Frage, wie und wieviel reinkommt, machen sich Leute wie sie keine Gedanken, sie reden lieber dem Populismus das Wort und fordern ´Freibier für alle`, obwohl die letzte Brauerei längst pleite gegangen ist. Aber bitte, macht nur so weiter, alle miteinander", kommt Bechting zum Ende, jetzt wieder vom Weltökonomen zum einfachen Personalchef absteigend. „Dann garantiere ich euch, sind wir hier *tatsächlich* ruckzuck weg, so schnell könnt´ ihr gar nicht gucken."

Der Saal tobt, und Bürgermeister Haubichbachers Zuruf an Max Gurrer, er könne zur Beruhigung der

Sachlage beitragen, indem er zum Stand der Vorbereitungen zum Tauberhickelsheimer Brauereifest informiere, geht nun im Kampf um Worterteilungen aus dem erzürnten Publikum vollends unter.

Denn einige Kolleginnen und Kollegen wittern in der nun in Gang gesetzten, von tiefem basisdemokratischen Debattierverständnis zeugenden Diskussion eine Chance, sich vollumfänglich einzubringen – keine Spur von Politikverdrossenheit hier in Tauberhickelsheim. Worterteilungen gibt es nun keine mehr, es wird munter durcheinander gebrüllt.

„Scheiß Nazis."

„Also doch! Ihr wollt doch den Standort schließen."

„Kapitalistenschweine."

„Wenn das der alte Liebherz gehört hätte."

„Jetzt zeigt ihr euer wahres Gesicht."

Die Wortbeiträge überschlagen sich, es ist nichts mehr zu verstehen, Gurrer lässt die Diskussion laufen, teils ohnmächtig, teils berechnend wartend auf den Zeitpunkt, an dem sich alle etwas müde geschrien haben.

Als dieser Moment gekommen zu sein scheint, schwenkt die öffentliche Debatte nochmals um auf einen eher grundsätzlichen, gleichwohl dadurch etwas Ziel und Richtung verlierenden Kurs.

„Es sollten diejenigen einen Zuschuss kriegen, die umweltgerecht jeden Tag den ÖPNV nutzen."

„Ein Zuschuss beleidigt mein liberales Bürgerrecht auf Selbstbestimmung, ich lasse mich nicht kaufen, vom Staat nicht und von euch schon gar nicht."

„Wer braucht ein Brauereifest, kommt lieber zur Demo am Wochenende gegen die russische, amerikanische und europäische Syrienpolitik. Gegen Homophobie geht's da übrigens auch!"

Diese Einlassungen wiederum führen zu wilden Beschimpfungen der Brauereifest-Anhänger.

„Hör auf mit deinem geschwurbelten Gequatsche."

„Komm auf den Punkt, oder halt's Maul!"

Gurrer fürchtet nun, dass die ganze Sache vollends aus dem Ruder läuft, womöglich noch in Handgreiflichkeiten endet. Er weiß sich nicht anders zu helfen, als sich die rote Pfeife von Gewerkschaftskollege Hieberer mit der Aufschrift „Wir Frauen in der IGM" zu greifen und ins Mikrofon zu trillern. Schmerzverzerrte Gesichter, aber auch eine schlagartige Ruhe sind das Ergebnis. Eine Wohltat für alle Ohren.

Max Gurrer bittet nun – endlich - den „hochgeschätzten und sehr verehrten Herrn Bürgermeister Haubichbacher" um seinen Wortbeitrag. Am Rednerpult angekommen, hört ihn die erstaunte Belegschaft vermelden:

„Ich kann sie alle beruhigen und ihrem Streit gewissermaßen den Nährboden entziehen, denn ich habe eine gute Nachricht für sie: Das Tauberhickelsheimer Brauereifest fällt dieses Jahr aus!"

Hedewecht geht auf Nummer sicher

Headhunting, etwas vornehmer ´Executive Search` genannt, kann jeder. Ein paar Schablonen übereinanderlegen, Leute interviewen, mit einer maximal dreißigprozentigen Wahrscheinlichkeit eine Prognose über die Eignung wagen (denn mehr ist aufgrund zahlreicher und vor allem zukünftiger Unwägbarkeiten nicht drin), dann dick abkassieren - meistens schon zwei Drittel des vereinbarten Honorars, bevor der Auftrag überhaupt erfolgreich zu Ende gebracht wurde. Und je hochkarätiger der Kandidat, desto höher das Honorar – bei gleichem Arbeitsaufwand. Die Kunden haben längst erkannt, dass sie für ihr teures Geld durchaus eine Extraportion verlangen können, eine besonders herausragende Leistung, also das Auffinden extrem gut geeigneter Kandidaten, die perfekt zu Stelle und Unternehmen passen. Sie präferieren Berater, die besser sind, weil sie Dinge jenseits der üblichen Diagnostikschablonen erspüren. Kulturelle Passung, Chemie zwischen Chef und zukünftigem Mitarbeiter, ein Gespür für die Branche und die besonderen Umstände, solche Dinge halt.

Holger Hedewecht ist gern auf diesen Zug aufgesprungen und hat sich auf diesem Gebiet quasi spezialisiert. Denn irgendwann ist ihm klar geworden, dass nahezu jeder seiner Konkurrenten behauptet, er wäre gut in der Messung des Matchings von Kandidat, Stelle und Unternehmen. Deshalb hat er zur klaren Abgrenzung eine steile Ansage in sein Angebot übernommen: Geld zurück, wenn es innerhalb der ersten zwei Jahre zu einem Wechsel des Kandidaten kommt, egal aus welchen Gründen, durch wen auch immer veranlasst. Die Konkurrenz erklärt sich üblicherweise für einen deutlich kürzeren Zeitraum zu Garantieleistungen bereit und bietet lediglich ein ´Umtauschrecht` an, eine ´Gutscheinlösung`, sprich: Der Berater muss noch mal ran, ohne dass der Kunde auch die ´Geld-zurück-Lösung` wählen könnte.

Diese Geschäftsfelderweiterung bedeutet, dass Hedewecht im Zweifel auch gegen den Willen des Kunden agieren muss, sollte ihm dessen Akquisitionswunsch zu riskant erscheinen. Freilich darf der Kunde dies nicht merken, Hedewecht muss geschickt auf die Kundschaft einwirken, *sein* Wille muss eine natürlich-symbiotische Beziehung mit dem der Kundschaft eingehen.

Vor allem aber bedeutet sein Leistungsangebot, dass sich Hedewecht ganz besonders gut auf das Diagnostische verstehen muss, denn jeder Fehler wird ihm und seinem Geschäftskonto um die Ohren fliegen. Mit den üblichen Methoden wie Persönlichkeitstest, Assessment Center, Interview, ggfs. graphologische Gutachten kommt man da nicht weit genug, man braucht so etwas wie den siebten Sinn, zusätzliche Erkenntnisse, die einem mehr Prognosesicherheit geben.

Hedewecht konzentriert sich deshalb mittlerweile fast ausschließlich auf die Passung zwischen Chef und Kandidat, die sogenannte ´Chemie`. Seine Erfahrung hat ihn gelehrt, dass dies das Allerwichtigste ist. Und hierzu empfängt er auch, wenn nötig, Signale jenseits wissenschaftlicher Erkenntnisse und weiß sie zu deuten. Betritt der Kandidat zuerst mit dem linken Fuß sein Büro, obwohl er Rechtshänder ist, hat er schon verloren. Schlecht sind auch blaue Augen, wenn der Chef grüne hat (das beißt sich), braune wiederum gehen in diesem Fall. Wichtig auch zu beobachten, wie beider Körpersprachen aufeinander eingehen, harmonisch-synchron oder disharmonisch-überkreuz. Hedewecht beschäftigt sich zudem intensiv mit den Vorgeschichten von Chef und Kandidat, dem Vorleben, den Hobbys, den Leidenschaften, Fehltritten und Triumphen. Wenn er einen Kandidaten abschlägig bewertet, begründet er dies dem Kunden gegenüber selbstverständlich stets mit „objektiven Fakten" (und dazu zählt nicht die Augenfarbe oder das Hobby). Aber schließlich muss *er* das Risiko schultern, da kann es schon mal sein, dass ein geeigneter Kandidat zu Unrecht abgelehnt wird, Hedewecht muss auf Nummer sicher gehen, und Nummer sicher heißt im Zweifel auch die richtige Augenfarbe. Er hat das so im Gefühl, und mit seinem Gefühl ist er stets gut gefahren.

Eins ist auf jeden Fall klar: ein Holger Hedewecht macht keine Kompromisse! Wenn er der Auffassung ist, es funktioniert nicht mit dem Kandidaten, dann lässt er sich von dieser Meinung nicht mehr abbringen. Er hat seine geschäftsethischen Prinzipien – und zudem wenig Lust, wegen einer Fehlbesetzung zur Kasse gebeten zu werden.

Die meisten seiner Kunden sind inhabergeführte, familiär geprägte Klein- und Mittelstandsunternehmen traditioneller Industrien. Diese Firmen haben bekanntermaßen ein Nachfolgeproblem in den nächsten Jahren, das hat Holger Hedewecht als Marktlücke erkannt. Da wird es in der Kasse klingeln, da rollt der Rubel. Und bekanntermaßen ist es meist die Chemie zwischen Besitzer und potenziellem Nachfolger, woran vielversprechende Nachfolgen bei inhabergeführten Unternehmen scheitern. „Wer mit dem Alten nicht kann, der hat schon verloren." Ein Satz, den Hedewecht sehr oft von intimen Kennern der Szene hört.

Nun verbringt er Zeit mit einem Kunden, bei dem es nicht nur um *den* Alten, sondern auch um *die* Alte geht, um im Bild zu bleiben. Die Familie Traubert führt seit drei Generationen die Traubert KG. Derzeitige Gesellschafter sind die derzeitigen Herr und Frau Traubert. Herr Traubert ist Mitte siebzig, Frau Traubert, einst seine Sekretärin (so hießen damals Assistentinnen), Anfang fünfzig. Eine lebenslustige Dame, stets für einen Spaß zu haben.

Nun sitzt Hedewecht mit den Beiden am runden Tisch des Weinlokals „Zur Beerenlese", das Trio wird komplettiert durch Martin Hartkeil, einem vielversprechenden möglichen Nachfolger für die Position des Vorsitzenden der Geschäftsführung, derzeit vom geschäftsführenden Gesellschafter Traubert höchstselbst bekleidet.

Hedewecht bemerkt den häufigen Blickkontakt zwischen Frau Traubert und Martin Hartkeil, es sieht fast aus wie ein Flirt. Mehr noch, Hedewecht beobachtet mit stiller Entrüstung, wie Hartkeils rechte Hand einen Moment zu lang auf dem Handrücken von Frau Traubert verweilt, just, als er mit „Sie machen das schon." seine Charmeoffensive einem weiteren Höhepunkt zutrieb. Hedewecht hat (offensichtlich zu spät) auch herausgefunden, dass Hartkeil seinen letzten Arbeitgeber wegen unschöner Nachrede verlassen musste, man spricht von einem ´Techtelmechtel` mit einer Kollegin. Das passt ins Bild. Ein notorischer Schwerenöter, psychoanalytisch gesprochen ödipal-verpeilt, ständig auf der Suche nach Bestätigung seiner Wirkung auf das andere Geschlecht. Gut, dass Herr Traubert das wohl ähnlich sieht, seinem Gesichtsausdruck ist zu entnehmen, dass ihm das ´Hahaha` und ´Trallala` der Beiden ebenfalls übel aufstößt. Zur Krönung deutet Hartkeil zum Abschied einen Handkuss an, schaut der Gesellschafterin tief in die Augen, was diese eine halbe Ewigkeit lang zu erwidern scheint. Was hat ihn, Hedewecht, nur geritten, diesen Bonvivant zu präsentieren. Hätte er doch im Vorhinein nur sauberer recherchiert, wie es sonst seine Art ist. Da lässt man einmal die Disziplin schleifen, und schon ist die ganze jahrelange, mühevoll aufgebaute Geschäftsbeziehung zur Traubert KG womöglich im Eimer. Wegen dieses Hallodris! Niemals hätte er Hartkeil ins Gespräch bringen dürfen! Unverzeihlich! Er muss den möglicherweise entstandenen

Imageschaden also unbedingt auf das Schnellste korrigieren! Der Fall ist also klar: Absage! Mindestens das! Und dazu braucht er noch nicht einmal seine esoterischen, tiefen- oder küchenpsychologischen Spezialkenntnisse zu bemühen, der Fall ist klar wie Kloßbrühe.

Und so nimmt er am nächsten Morgen mit festem Willen den Anruf von Herrn Traubert entgegen, lässt ihn mit ein paar Belanglosigkeiten das Gespräch beginnen, während er seine Absage bereits gedanklich vorformuliert: ´Von einer Verpflichtung Hartkeils kann ich nur dringend abraten. Sie werden bemerkt haben, wie er mit ihrer Frau geflirtet, was sag ich, sich an sie herangeschmissen hat. Absolut niveaulos und unverschämt. Dies entspricht, wie ich über ein professionelles Profiling herausgefunden habe, leider einem vertrauten Muster bei Herrn Hartkeil. Und so wird es auch in ihrem Fall enden: erst macht er ihrer Frau schöne Augen, ihre Frau fällt drauf rein, beginnt eine Affäre, die darüber hinaus die Leistungsfähigkeit Herrn Hartkeils einschränkt und zum Schluss haben sie ein kaputtes Geschäft, eine kaputte Ehe und eine kaputte Nachfolgeregelung. Von ihrem in Scherben liegenden Image will ich erst gar nicht reden, auch nicht von ihrem möglicherweise ramponierten Ego. Ich kann mich nur entschuldigen, ihnen diesen Herrn vorgestellt zu haben.`

So und nicht anders wird er es Traubert in ein paar Sekunden sagen, sobald dieser mit seiner nicht enden wollenden Gesprächseröffnung fertig ist. Traubert wird ihm sicher für seine klaren Worte danken, dafür, dass er sein Schicksal, womöglich sogar sein Leben gerettet hat, gleich, wenn Traubert sein belangloses Vorgeplänkel über die diesjährige Kür der Weinkönigin beendet hat.

Traubert hat, wenig überraschend, die Dinge ähnlichgesehen wie Hedewecht, wenngleich mit einem etwas anderen Fazit. Und weil er Hedewecht für seine exzellente Personalauswahl dankt, die besonders gute Schwingung zwischen Hartkeil und Frau Traubert hervorhebt und ihm den Wunsch beider Gesellschafter, also seinen und den seiner Frau, mitteilt, dem „lieben Herrn Hartkeil" unbedingt ein Vertragsangebot zu machen, belässt Hedewecht es bei einer prägnanten Kurzfassung seiner womöglich doch etwas zu ausführlich geratenen und unter Umständen zu subjektiv gefärbten geistigen Vorarbeit:

„Das freut mich, dass sie mit meiner Auswahl zufrieden sind. Ich hatte das gleich so im Gefühl, dass Herr Hartkeil ein potenter Kandidat ist, vor allem im Hinblick auf ihre Frau."

Task-Force-Meeting: die Lage ist ernst

„Meine Herren, wo stehen wir?"

„Wenn wir die mittelfristige Perspektive betrachten, sieht es nicht schlecht aus, ich würde sogar sagen: einigermaßen hervorragend."

„Und kurz- und langfristig?"

„Kurzfristig ganz gut, langfristig liegen wir ziemlich extrem auf Kurs."

„Was heißt das jetzt?"

„Das heißt, dass ich guten Mutes bin, dass wir alles hinbekommen werden, auch mittelfristig."

„Ja, warum auch nicht, sie sagten doch, dass es mittelfristig nicht schlecht aussieht!"

„Schon, aber nicht so gut wie langfristig. Also zahlenmäßig meine ich jetzt, von den Maßnahmen her sieht es wiederum anders aus."

„Hä?"

„Ja, bei den Maßnahmen ist es tendenziell eher ein wenig umgekehrt, mittelfristig alles grün bis gelb, kurzfristig verfehlen wir vielleicht ein paar Milestones (aber die Zahlen stimmen!), und langfristig ist es halt alles noch sehr vage."

„Wenn ich ganz kurz hier mal etwas einwenden dürfte, der Kollege spricht nur von der Execution, lässt aber die Legal compliances und total risks completely out of sight. Wenn ich bei den mittelfristigen Maßnahmen die Risiken eines failures verschiedener measures miteinbeziehe, dann haben wir das Risiko, zu gegebener Zeit, also wenn es sich ergibt, mit leeren Händen dazustehen, also quasi too low for zero zu sein, you know what I mean?"

„Ich weiß nicht, wie es ihnen geht, vielleicht liegt es auch an mir, aber so richtig im Bilde, also so richtig Bescheid ...!? Warum schauen wir uns nicht einfach die Zahlen und die Projektpläne an, um etwas genauer zu verstehen, wie ernst die Lage wirklich ..."

„Ich bitte sie, für das Kleinklein ist diese Runde hier deutlich zu teuer, wir müssen die großen Linien zeichnen."

„Absolute Zustimmung, das erwartet die Belegschaft von uns: Strategien, Visionen, Ziele."

„Die Menschheit wäre heute noch nicht auf dem Mond gewesen, hätte Kennedy nicht die Vision gehabt."

„Genau, also machen wir mit den Big Points weiter. Wo waren wir?"

„Beim Stand der Dinge. Wenn ich dazu noch ergänzen dürfte: wir haben da noch die Gefahr der gesamtkonjunkturellen Eintrübung, auf die wir nur mittelprächtig gut vorbereitet sind."

„Hervorragend, umso mehr wird klar, wir brauchen eine Task-Force."

„Das sind *wir*."

„Schon klar, ich meine aber eine, die *richtig* arbeitet, die sich in die Details reinkniet, die Ärmel hochkrempelt und sich für nichts zu schade ist. Und für diese Jobs nicht so überbezahlt ist wie diese Truppe hier. Was ich sagen will: Leute, die so arbeiten wie wir, aber mehr im nitty-gritty zuhause sind."

„Wer soll da rein, in diese neue Task Force?"

„Wir brauchen zunächst mehrere Task Force Subgroups, geführt von jeweils einem Mitglied dieses Kreises, also der Geschäftsleitung. Und die arbeiten dann, also die anderen in der Gruppe, meine ich."

„Wer sind *die*?"

„Ich schlage vor, sie erarbeiten dazu das Konzept, einschließlich Projektplan. Und dem benötigten Personal."

„Des benötigten Personals."

„Was?"

„Des benötigten Personals, Genitiv."

„Wie bitte?"

„Nichts."

„Huber ist ein guter Projektmanager."

„Frau Keulbach ist aber auch nicht verkehrt."

„Über Personalien reden wir dann, wenn das Konzept steht. Wie lange brauchen sie für das Konzept, Ballmann?"

„Das wird im Konzept stehen, muss ich noch erarbeiten."

„Das passt."

„Sonst noch etwas?"

„Ich habe noch nicht ganz verstanden, wie ernst die Lage jetzt wirklich ist."

„Das wird Ballmann alles in seinem Konzept herausarbeiten."

„Mach ich."

„Und die Jubiläumsfeier steht übrigens auch noch an."

„Ein schönes Thema für die zweite Task Force Subgroup. Bitte auch das ins Konzept mit aufnehmen."

„Wann treffen wir uns das nächste Mal?"

„Frühestens in zwei Monaten, ich brauche Zeit für das Konzept. Schließlich habe ich auch noch andere Meetings, also Dinge zu tun."

„Gibt es sonst noch Anmerkungen, Kommentare, Ergänzungen?"

„Sie sollten bei der Konzepterstellung bitte berücksichtigen, dass wir nichts gegen die Belegschaft machen können, man den Menschen Vertrauen schenken muss, wir auf die Mitarbeiter zählen können und dass von Gewinnen, auch kurzfristigen, noch niemand arm geworden ist."

„Werde ich machen, danke für den wertvollen Hinweis."

„Sehr gut, meine Herren. Also Ballmann, sie schreiben dann auch das Protokoll der heutigen Sitzung."

„Alles klar, aber ich mache besser erst das Konzept, dann ergibt sich, was wir heute besprochen hätten."

„Wie bitte?"

„… haben."

Was Osterhirsch noch fehlt

Manfred Osterhirsch hat es weit gebracht für einen Mann aus bescheidenen Verhältnissen. In einen Handwerksbetrieb hineingeboren, musste er zeitlebens für sein Überleben und Weiterkommen schuften. Keine elterliche kulturell-musische Inspiration erhaltend, auch keine natürliche Bekanntschaft mit technisch-naturwissenschaftlichen Dingen machend, zählte er nie zu den Naturbegabten, denen schon im Vorschulalter eine Architekten-, Kunstturn- oder Pianistenkarriere prophezeit wird. Auf keinem Gebiet - alles musste er sich hart erarbeiten durch Disziplin und Fleiß. Während der Semesterferien machte er in der benachbarten Fleischfabrik im Schichtbetrieb aus ganzen Schweinen halbe, half am Wochenende an der Tankstelle aus und trug, wenn notwendige Studienliteraturbeschaffungen sein Budget überforderten, auch mal Zeitungen morgens um vier aus.

Und auch wenn er mittlerweile als ´Head of Purchasing` eine durchaus ansehnliche und finanziell-lohnende Karriere hingelegt hat, so hält sich doch bis heute hartnäckig dieser tief sitzende Minderwertigkeitskomplex, nicht in die richtige Schicht hineingeboren zu sein, nicht dazuzugehören, zu den Intellektuellen und Kulturbewanderten, der elitären Oberschicht. Manfred Osterhirsch fühlt sich immer noch eher als Klein- denn als Großbürger, nur dabei statt mittendrin, eher geduldet als erwünscht.

Er hat deshalb schon früh versucht, sich den Jargon der Upperclass anzueignen, das Faktum ignorierend, dass man dem Emporkömmling seine Herkunft immer drei Meilen gegen den Wind anmerken, er es immer am natürlich-selbstverständlichen Umgang mit dem ´Wahren, Schönen, Guten` vermissen lassen wird; und dies umso mehr, je verzweifelter er diesen Eindruck zu vermeiden versucht. In finanziellen Dingen unterscheidet das den Geldadel von den Neureichen, in kulturellen Belangen den routinierten Oper- und Theaterabobesitzer, Feuilletonleser und Museumsgänger vom ´Open-Air-Amphitheater-Weltstar-Event-Musical-Besucher`, in sportlichen den Hochseesegler vom Kreuzfahrtbucher, den ambitionierten Golfspieler mit Handicap sieben vom Golfspieler mit Topausrüstung - und sonst nichts. Es ist das Drama der Aufsteiger, dass sie unter ihrem selbsterniedrigenden Werben um Einlass in die Hautevolee zwar leiden, aber ihr künstliches Getue auch partout nicht lassen können - die Alternative wäre ihrem Empfinden nach noch trostloser.

Osterhirsch hat dieses Dilemma erkannt, Momente des Fremdschämens inklusive. Derart peinlich will er nicht rüberkommen, den Kasper will er nicht geben. Sein Brandzeichen, das ihn als ´einen von ihnen` einordnet, ist die Sprache. Die Sprache war und ist, davon ist er überzeugt, die Eintrittskarte und das Dauerabonnement für die Loge des beruflichen Aufstiegs. Es ist schließlich auch gut gelaufen bislang, welche Rolle das Perfektionieren seines Sprachvermögens dabei auch immer gespielt haben mag.

Um noch konkreter zu werden: Osterhirschs Stärke ist die fast schon üppige Anhäufung von Fremdwörtern, von verzierten Ausdrücken. Er vermag Dinge ausschmückend zu phrasieren, umständlich statt knapp, mit vielen Girlanden, Nebensätzen und Füllwörtern statt nur Subjekt-Prädikat-Objekt. Die Basis seiner hochgestochenen Sätze bilden Substantive, viele, sehr viele. Aus mehreren Substantiven aufwändig und kompliziert komponierte, antiseptisch klingende Hauptwörter, die es so im Duden noch gar nicht gibt (Osterhirsch ist da der Sprachforschung etwas voraus). Er benutzt Worte wie „Substanzerhaltverzicht" (ohne „s", es heißt ja auch nicht „Schubslade") oder auch „Umständeabwägungsprozess" (mit „s", der Mann weiß zu differenzieren). Und wäre nicht eindeutig belegt, dass der Begriff „Verkehrswegeplanungsbeschleunigungsgesetz" vom damaligen Verkehrsminister Günther Krause zwecks ´Aufbau Ost` stammte, man würde auf Manfred Osterhirsch tippen. Leider gebraucht er solche Wortkomplexe nicht immer in voller Kenntnis ihrer präzisen Bedeutung, mitunter verfehlen seine kreativen Auftürmungen den Sinn des Gemeinten, wenn auch nur haarscharf, aber dennoch für den gebildeten Hochsprachler sogleich als Aufschneiderei erkennbar.

Typisch für Osterhirsch ist auch die doppelte Verstärkung, indem Substantiv und ergänzendes Adjektiv einen deckungsgleichen Sinn bergen. „Dynamischere Dynamik" oder „eingeschränkte Restriktionen" zeugen von Osterhirschs Sorge, seine Kernbotschaft könnte nicht in der gewünschten Eindeutigkeit verstanden werden.

Die virtuos-kreative Sprachschöpfung und -anwendung ist die eine seiner beiden Kernkompetenzen. Die andere besteht in der Vermeidung klarer Positionen, also knackiger, markanter Standpunkte. Eine stramme Meinung ist karrieretechnisch nur von Nachteil, so Osterhirschs feste Auffassung. Besser irgendwie durchmogeln, aber es nicht so aussehen lassen. Stattdessen durch die tollen Substantive Eindruck machen, intelligent wirken, Effekte erzielen, es nach strammer Gesinnung und klarem und mutigem Standpunkt aussehen lassen – und nach Intellektualität, nach Spirit und Smartness. Wichtig aber auch, dass sich an die Bedeutung seines Gesagten hinterher möglichst niemand mehr erinnern kann, man weiß ja nie, was einem später noch alles unter die Nase gerieben wird.

Dabei muss man ihm allerdings zu Gute halten, dass er primär durch harte Arbeit und Resultate überzeugen will. Er nutzt seinen Sprachbarock letztendlich nicht, um sich einen Vorteil zu verschaffen, er möchte halt nur herkunftsbedingte Nachteile kompensieren. Deshalb liegt sein Schwerpunkt auch eher auf „schaffen, ranklotzen, durch Leistung überzeugen", wie er es nennt.

Jetzt sitzt Manfred Osterhirsch im Bewerbungsgespräch bei einem, im weitesten Sinne, Konkurrenzunternehmen, welche die Innenräume von Fahrzeugen mit Teppichen und Bezügen aller Art auskleidet. Wie es nun einmal der Natur eines Bewerbungsgespräches entspricht, kann der Kandidat nicht durch Arbeitsleistung im direkten Sinne überzeugen, hier muss er über selbige reden, reden, reden. Also macht er es so wie immer, auch auf die Frage, wie seine ersten zehn Tage im neuen Job aussehen würden:

„Zeit meines Lebens war es mir immer wichtig, mein Arbeitsethos zu kultivieren, mich und mit mir meine Anforderungen zu exzellieren. Mein Aufstieg war und ist geprägt von Potenzialausschöpfung, Performanzorientierung und Persönlichkeitskonvergenz. Das fliegt einem nicht zu, dafür muss man seine Attitüde permanent und persistent evaluieren, nachhaltig evolutionieren und ggfs. adaptieren."

„Ähm, die Frage war …"

„Ich komme gleich dazu, mir ist aber wichtig, dass sie vorab den Hintergrund meiner Arbeitsweise verstehen. Also, ich war bei der Attitüde. Es gehört zu einem vernünftigen Entree in ein neues Unternehmen, dass man kooperiert, aber wo nötig, auch konfligiert, die Synthese ist kein Selbstzweck, der Kompromiss auch nicht, man muss die Sensoren rezeptiv und vor allem sensitiv halten und dann auf die Leute zugehen, sie aber auch nehmen, wie sie sind, Toleranz einerseits, Direktiven andererseits."

„Verstanden, aber wie würden sie denn nun konkret die ersten zehn Tage angehen?"

„Ich würde jeden einzelnen Mitarbeiter in seinem Büro aufsuchen, ein erster Eindruck, so ein Tick von mir. Dann würde ich von ihr oder ihm wissen wollen, in welche Entwicklungsperspektive hinein sich der

Kollege/die Kollegin entwicklungstechnisch hin hineinentwickeln will, in welche Humankapitalkategorie seine Energien und Spirits einzahlen und wo er im Moment eher interruptiv unterwegs ist, also stagniert. Nach dieser lokalisierten Standortbestimmung ist mir ein persönlicher Rapport zwischen uns sehr wichtig, die Vibes sind das A und O."

„Ich versuch´s mal anders: Was würden sie konkret *fachlich-inhaltlich* machen, sie sind ja mit unserem Geschäftsmodell, also dem Auskleiden von Fahrzeugen primär mit Teppichen, nicht hundertprozentig vertraut?"

„Das ist kein Problem, eine gewisse osmotische Transzendenz meiner Generalkompetenzen können sie bei mir durchaus voraussetzen, mein G-Faktor der Intelligenz ist hoch ausgeprägt, da lernt es sich leicht, auch auf fachfremde Sujets zu."

Osterhirsch ist überrascht, noch am selben Abend einen Anruf des zuvor gesprächsanwesenden Personalchefs Winkbold zu erhalten:

„Wir müssen ihnen leider absagen, auch wenn alles sehr kompetent klang. Sie sind sehr wortgewandt rübergekommen", lügt der Personaler.

„Aber es gibt leider eine Hürde, die uns zu hoch ist, auch wenn wir gefühlsmäßig ein gutes Gefühl hatten", bereitet Winkbold seine Rache vor:

„Sie sind uns nicht teppichaffin genug."

Nichts als die Wahrheit

Manfred Huchbein hat sich im Vorfeld der nun anstehenden Betriebsversammlung strategisch geschickt zum großen Lauschangriff positioniert, Kollege Benzings phonetische Belanglosigkeiten so gut es geht überhörend, mit anderthalb Ohren auf das neben ihm stattfindende Gespräch fokussiert. Gustav Törich, genannt GT, Aufsichtsratsvorsitzender und Mehrheitsgesellschafter der Habach GmbH & Co.KG, befindet sich in gelöster Stimmung, dabei mit Michael Ramig, dem Vorsitzenden der Geschäftsführung, plaudernd. GT wird gleich, dies geschieht einmal im Jahr, über die geschäftliche Lage und – wichtiger noch – über den Ausblick auf die kommenden Jahre berichten. Das Wort des Gesellschafters hat doch immer noch ein größeres Gewicht als das eines Top-Managers, selbst wenn dieser der höchste Angestellte ist.

Im Vorfeld gab es einige beunruhigende Gerüchte über einen möglichen Verkauf der Firma, über Zahlungsschwierigkeiten und Liquiditätsengpässe, und somit kommt der heutigen Ansprache eine besondere Bedeutung zu, was den Saal entsprechend füllt.

Huchbein treibt eine besondere Sorge um, nämlich die Angst vor dem Verlust seines eigenen Arbeitsplatzes. Schon länger steht er in der Kritik bei Ramig, und es hieß, zehn Prozent der Führungskräfte müssten gehen, um die Kosten im Griff zu behalten und mit gutem Beispiel voranzugehen, wenn es dann im nächsten Schritt auch die Gesamtbelegschaft betrifft. Insofern sind seine Nerven sehr strapaziert und die Sinne verständlicherweise äußerst fokussiert auf das Geplänkel von Törich und Ramig. Vielleicht kann er entscheidende Vorabinformationen aufschnappen, das wäre günstig. Denn er hat sich vorgenommen, heute sehr kritisch nachzufragen, sollte GTs Rede wie immer allzu blumig und wolkig daherkommen, er wird heute kämpfen, wenn schon nicht für sich, dann, ganz selbstlos, für die Sicherheit der Arbeitsplätze der geschätzten Kolleginnen und Kollegen.

Leider teilt Huchbein das Schicksal vieler Kollegen der männlichen Spezies, nur in eingeschränktem Maße des Multitaskings fähig zu sein, er kann seine Aufmerksamkeit nur einseitig auf entweder die eine oder die andere akustische Quelle richten. Sein Gehörsinn pendelt also hin und her, Benzing nervt mit seinem lauten Gequatsche, denn dadurch kriegt Huchbein von der Runde Törich/Ramig immer nur Bruchstücke mit. Aber was er da hört, das reicht ihm schon, mehr muss er gar nicht wissen. Wortfetzen wie „verfrühstücken, zu spät kommen, ein unausschlagbares Angebot, ein Desaster, kurz vor dem Ende, dann können wir einpacken, den hab` ich auf dem Kieker, keiner wird das überleben ..." sind wohl kaum mehrdeutig zu verstehen.

Huchbein hat genug gehört, kann eins und eins zusammenzählen. Wusste er es doch. Es geht am Ende gar nicht um seinen Arbeitsplatz oder den seiner anderen ca. zehn Prozent Führungskräftekollegen, es geht um das Überleben der ganzen Firma. Nicht mehr und nicht weniger! Wie erbärmlich von ihm, sein eigenes Schicksal in den Vordergrund zu stellen, wo es doch um Höheres geht - das große Ganze, das System ist bedroht!

Betroffen nimmt Huchbein seinen Sitzplatz ein, das soeben Vernommene noch sortierend. Derweil eröffnen Betriebsratsvorsitzender und Geschäftsleitung die Versammlung, bis dann endlich GT spricht.

Huchbein traut seinen Ohren nicht, von schwierigen, aber nicht ausweglosen Zeiten ist da die Rede, von viel Licht am Ende des Tunnels gar. Von eigenen Kräften, die es zu mobilisieren gelte, von „wir haben uns noch aus jeder Krise befreien können" und von neuen Großaufträgen, die mit einer Wahrscheinlichkeit von mehr als achtzig Prozent eingestuft werden. Und schließlich – GT gibt die ´Dramaqueen` - von „Vertrauen in sie alle" und „dem großen Glück, dieser fantastischen Belegschaft vorstehen zu dürfen". Und alles locker flockig vorgetragen, ohne sichtbare Verlegenheit. Dass sich GT erdreistet, der Belegschaft so schamlos ins Gesicht zu lügen!

GT will unter großem Beifall und vereinzelten Jubelrufen der Belegschaft, die nun doch sichtlich erleichtert ist nach diesen staatstragenden und einschwörenden, Beruhigung und Zuversicht verkörpernden Worten, an Ramig weitergeben, um das Berichtete mit konkreteren Geschäftszahlen hinterlegen zu lassen, da fasst sich Huchbein ein Herz, hebt den Arm mit der Bitte um Worterteilung. Weil dies vom

Versammlungsleiter nicht bemerkt wird, springt Huchbein auf und gibt den Klassenkämpfer:

„Was wir hier gerade von ihnen gehört haben, entspricht wohl nicht der Wahrheit, Herr Törich! Man hört, dass sie von ´Desaster` gesprochen haben, dass wir alle einpacken können, ja, dass sie uns verfrühstücken würden, wenn ein unausschlagbares Angebot eines Konkurrenten ins Haus geflattert käme. Sie sollen sogar behauptet haben, dass das hier sowieso keiner überleben wird. Ach was, ich *weiß*, dass sie das behauptet haben, es gibt Zeugen."

Mit hochrotem Kopf, aber auch mit triumphaler Miene, lässt sich Huchbein wieder auf seinen Sitz fallen, er notiert ein lautes, chaotisches Stimmengewirr, es schwillt immer mehr an. Welch ein Wirkungstreffer, die Belegschaft ist eingestimmt auf den nun folgenden Showdown.

Zu Huchbeins Überraschung nähert sich GT äußerst gelassen dem Mikrofon, er lächelt gütig, fast schon aufreizend, als amüsiere er sich sogar über diese für ihn doch hochnotpeinliche Bloßstellung. Alles Fake, alles Bluff. Die Belegschaft soll denken: den Mann kann nichts erschüttern, der hat alles im Griff. Aber diesmal kommt er mit dieser Nummer, mit seinem ´einlullenden Gesülze` nicht so einfach davon, Huchbein ist quasi auf den Zehenspitzen, bereit zum Sprung, wenn nötig.

„Werter Kollege, Gratulation. Äußerst sorgfältig recherchiert, sauber zitiert. Dem ist nichts hinzuzufügen."

Also doch!

„Fragen sie Herrn Ramig, der ist Zeuge."

Ach was!

„Trifft auch inhaltlich alles zu, jedes Wort, ich stehe zu jedem der von ihnen soeben zitierten Worte!"

Jetzt auch noch frech werden!

Die Unruhe im Saal steigert sich bedrohlich.

„Es ist leider so. Der VfL Harmonia 09 ist kaum noch zu retten, weder sportlich noch finanziell. Herr Ramig sieht das übrigens genauso, hat er mir erst vor einer halben Stunde bestätigt."

Hubert, das Börsenorakel

Hubert Ratzeking hatte bereits eine vielversprechende Bankkarriere hingelegt: brav erst eine Ausbildung zum Bankkaufmann absolviert, gefolgt von einem Wirtschaftsstudium mit Schwerpunkt Bankbetriebslehre und Stipendium-Unterstützung des Arbeitgebers, danach diverse Stationen im Retail- und Investmentbanking, schließlich die Kreditabteilung, Schwerpunkt Bau- und Immobilienfinanzierung. Er war eigentlich kurz davor, die Abteilung KAFZ (Knock-outs, Aktien, Fonds, Zertifikate) bei einer Investmentbank zu leiten, als es passierte:

Während der im Vorabendprogramm ausgestrahlten Börsennachrichten, live vom Parkett der Frankfurter Börse, lief Hubert kurz durchs Bild, stoppte, zeigte auf die große, im Hintergrund des Fernsehbildes erkennbare Börsenindizes-Anzeigetafel, und deutete mit ausgestrecktem Arm auf den Eurostoxx-Wert. Hubert war ein Flackern aufgefallen, wahrscheinlich waren einige Leuchtdioden defekt, was auch immer. Jedenfalls zeigte er dies dem nicht im Bild befindlichen Hausmeister. Dieses an sich harmlose und nicht weiterer Erwähnung bedürftige Ereignis veranlasste die Online-Redaktion der Zeitschrift ´Smartfortune` noch am selben Abend zu einer Kontaktaufnahme mit Hubert. Die Zeitschrift hatte sich schon lange in den Kopf gesetzt, einen ´Mr. Eurostoxx` ausfindig zu machen, um ihrerseits mehr Aufmerksamkeit zu erlangen und über einen charismatischen Influencer klammheimlich Produkte verpartnerter Kreditinstitute zu bewerben. Für alle anderen wichtigen Indizes gab es bereits Gurus, nur nicht für den als eher etwas behäbig und wenig sexy eingestuften Eurostoxx. Deshalb hatte das angesehene Magazin auch Schwierigkeiten, eine geeignete Ikone zu finden. Alle bekannten Parkettgesichter hatten Sorge, das lahme Image des Index könnte auf sie abfärben. In Windeseile wurde Hubert deshalb ein Angebot unterbreitet: er solle in einer – seiner - täglichen Onlinekolumne ´Read my lips` schlaue Sachen zur Entwicklung des Eurostoxx schreiben, stets flankiert von seinem Konterfei und dem richtungsweisenden, visionären Fingerzeig auf den Eurostoxx-Index auf der Börsenanzeigetafel (die für Hubert schicksalhafte Szene wurde in einem mehrstündigen Fotoshooting nachgestellt – Hubert kam jetzt noch dramatischer, noch visionärer, noch souveräner rüber als in der Originalszene). Und den ein oder anderen Anlagetipp ganz beiläufig abwerfen, man würde ihn da schon unterstützen. Dazu noch eine kleine Homestory mit der Titelzeile: „Hubert Ratzeking – so lebt der Mr. Eurostoxx!"

Hubert hatte schnell den Bogen raus. Mit der etwas langweiligen Bankerlaufbahn brechend und stattdessen von nun an auf eigene Rechnung wirtschaftend, kam er als Kolumnist groß raus. Diese Popularität verstand er zusätzlich gewinnbringend für seine Nebenbeschäftigung als Anlageberater zu nutzen. Die

Kolumne bescherte ihm täglich neue Kunden, die wiederum an seinen Worten klebten und die Kolumne positiv kommentierten, was wiederum zu neuen Kunden vice versa.

Anfangs hatte er noch den Fehler übertrieben konkreter Prognosen gemacht. Er schrieb kühne Dinge wie: „Der Index wird sich noch weiter nach oben bewegen." Oder, noch fataler, weil quantifizierend: „Ich prognostiziere einen Anstieg um zehn Prozent bis Jahresende." Mit der Zeit wurde Hubert schlauer, er ergänzte seine Statements mit Zusätzen wie: „…, wenn nicht zwischendrin eine schlechte Nachricht größeren Ausmaßes dazwischenkommt."

Hubert verstand es, Mikrokonkretes durch Vages geschickt zu flankieren, so dass seine nahezu hundertprozentige Trefferquote weniger auf seine Expertise, als mehr auf seine alle Eventualitäten einschließende Formulierungsgabe zurückzuführen war. Dabei kombinierte er immer geschickt pseudowissenschaftliche und Eindruck erzeugende charttechnische Analysen mit der großen Welt- und Finanzpolitik: „Ich erwarte einen Anstieg des Eurostoxx im Laufe des Jahres um fünf bis zehn Prozent. Der Index ist noch nicht überhitzt, da schon bei geringer Unterschreitung der 200-Tage-Linie nachgekauft wird und der Schwankungskorridor mittelfristig auch noch nicht ausgeschöpft ist. Und schauen sie auf die Kerzen im Intraday-Chart. Die EZB und ihre Anleihekäufe, ihre Niedrigzinspolitik wird andauern, die Aktien in Europa sind nicht überkauft und auch vom Kurs-Gewinn-Verhältnis her im Vergleich zum Dow-

Jones und S&P 500 noch nicht überteuert. Auch auf der Sentiment-Seite scheint alles im Lot. Also, es spricht nichts gegen einen Anstieg, außer, es kommt doch anders. Zum Beispiel ausgelöst etwa durch Kriegsgefahr, eine Pandemie oder Zwitscherkommentare von Präsidenten, dann könnte auch das Gegenteil eintreten. Ich erwarte dann durchaus einen Absturz vergleichbar mit März 2020, Ende 2018, 2011, 2009 oder 2000. Langfristig geht es dann aber auf jeden Fall wieder aufwärts, wenn auch mit etwas Geduld, die durchaus für eine Dauer von bis zu fünf Jahren gefordert sein kann, aber nicht muss. Eine andere Option wäre aber auch ein nur kurzfristiger Rücksetzer mit nur geringen Kursverlusten, wenn sich Kriegs- und Wirtschaftsgefahren wieder verflüchtigen." Hubert hatte auch den Trick der Hartverdrahtung knackiger Aussagen mit extrem langen Prognosekorridoren drauf. Einen Weltuntergang in fünfzig Jahren zu prophezeien, da konnte erst mal niemand das Gegenteil beweisen.

Solche Analysen waren bereits einer großen Vorsicht geschuldet, denn Huberts vormals präzisere und mutigere Empfehlungen, auch und vor allem in seiner Eigenschaft als selbstständiger ´Berater ihrer persönlichen Finanz- und Vermögensentwicklung`, hatten einige Kunden bereits ins Verderben geführt. Auch seine von ´Smartfortune` angetragenen, über seine Kolumne immer schamloser angepriesenen Fondsempfehlungen erwiesen sich mehrheitlich als Rohrkrepierer. Mr. Eurostoxx musste vorsichtiger agieren, aber es häufte sich die schlechte Presse, seine

Misserfolge wurden breitgetreten, seine Unabhängigkeit und Kompetenz angezweifelt. Neid, wo immer man hinblickte. Keine Analyse in seiner täglichen Kolumne blieb unkommentiert, und die Kommentare waren meist gehässig und neunmalklug, verstießen gegen Huberts Gerechtigkeitsempfinden.

Hubert Ratzeking hatte sich zudem bedauerlicherweise blenden lassen von den frühen Erfolgen und seinen Lebenswandel wohl etwas zu großspurig angelegt, zumal seine eigenen Investments ebenfalls mehrheitlich fehlschlugen. Er brauchte nun dringend einen Überbrückungskredit, und zwar ohne die Gestellung von Sicherheiten, ohne SCHUFA-Auskunft, sonst würde er seine Villa und den Maserati gleich nächsten Monat verkaufen müssen. Er benötigte mindestens achtzig Tausend Euro, da seine Einkünfte für das nächste Jahr und womöglich auch noch länger alles andere als üppig, geschweige denn prognostizierbar waren. Er wollte die Tilgungen sicherheitshalber über zweiundsiebzig Monate strecken und auf keinen Fall - in dieser Niedrigzinsphase - mehr als drei Prozent effektiven Jahreszinses zahlen. Gar nicht so einfach, wenn man mittlerweile bekannt war wie ein bunter Hund, v.a. bei den Angestellten der Kreditabteilungen seriöser Banken, die womöglich jeden Tag in der Mittagspause gemeinsam seine Kolumne, vor allem aber die hämischen Kommentare hierzu lasen und garantiert teils auch selbst verfassten.

Hubert gegenüber saß letztendlich seine personifizierte Hoffnung, nachdem keine seriöse Bank Huberts Vorstellungen entsprechen wollte: Norbert

Frisch, als Einzelkämpfer selbstständiger Finanzberater und in dieser Funktion auch Vermittler von Krediten jener Institute, die ihren Sitz vermutlich nicht ausschließlich aus meteorologischen Gründen in Panama und den Cayman Islands haben, das Wort ´Niedrigzins`, zumindest bei Kreditvergaben, nur vom Hörensagen kennen und den armen Teufeln, denen sonst nirgendwo mehr mit einem Kredit ausgeholfen wird, wohl nicht nur aus karitativen Gründen unter die Arme greifen.

Norbert Frisch ist auch so ein Geschädigter der wackeligen Finanztipps von Hubert Ratzeking, was dieser aber nicht weiß. Norbert hatte Huberts ´Read my lips`-Empfehlungen wohl zu wörtlich genommen und dessen Relativierungen nicht richtig interpretiert, obwohl sich Hubert doch solche Mühe gegeben hatte bei der unkonkreten Verpackung des vermeintlich Konkreten. Hubert hatte einst ein ´todsicheres Ding` empfohlen, todsicher war aber nur Huberts Provision, der Fonds selbst und mit ihm das Portfolio aus Schweinehälften, Containern, Solaranlagen, Windrädern und Cannabisplantagen hatte sich bald in Luft aufgelöst und mit ihm das Fondsvermögen. ´Totalverlust` beinhaltet das Wörtchen ´tot`, das war Norbert Frisch dann auch klar geworden. Mehr als sein halbes, hart erarbeitetes Vermögen war dabei drauf gegangen, die Gier hatte seinen kritischen Verstand vernebelt und die sich anschließende Verzweiflung hätte ihn fast zum Mörder gemacht, zum Mörder von Hubert Ratzeking.

Hubert weiß immer noch überzeugend und großspurig aufzutreten: „Damit sie mich richtig verstehen, einen Kredit zu bekommen ist für mich keine Kunst, aber ich bin nicht bereit, mehr als drei Prozent p.a. effektiv zu zahlen, bei sechs Jahren Laufzeit. Und wenn sie mir das nur für zwei Jahre geben wollen, dann muss ich schon heute Bescheid wissen über den Anschlusszins. Also konkret: Schicken sie mir ein attraktives Angebot, das meinen Vorstellungen entspricht, sonst sind wir nicht im Geschäft."

„Hören sie, ich kann ihnen problemlos Kredite mit acht bis zehn Prozent effektiven Jahreszins besorgen mit festgeschriebenem Zins über die gesamten zweiundsiebzig Monate, aber wenn sie es billiger haben wollen, ohne SCHUFA-Auskunft zumal, dann sind die Banken dazu nur für einen Zeitraum von maximal zwei Jahren bereit. Also gut, ich schaue, was ich machen kann. Ich werde mich dann schriftlich bei ihnen melden, sobald ich ihnen ein attraktives Angebot vorlegen kann.", waren die Abschiedsworte von Norbert Frisch, das Messer noch nicht gezückt.

Hubert öffnet heute aufgeregt den Brief des Absenders „Norbert Frisch Finance Consulting & Networking" und liest:

„Sehr geehrter Herr Ratzeking,

vielen Dank für das ausführliche und interessante Gespräch. Ich darf ihnen mein Angebot einer voraussetzungslosen, ohne jegliche Bonitätsprüfung oder Hinterlegung von Sicherheiten erfolgenden Kreditvergabe über 80.000,-- Euro über eine Laufzeit der Tilgung von zweiundsiebzig Monaten bestätigen. Dabei ist der Zins mit 3% effektiv p.a. für die Laufzeit von zwei Jahren festgeschrieben. Weitere Details zur Zinszusammensetzung, monatlichen Tilgung und zu möglichen Sondertilgungen entnehmen sie bitte dem Anhang. Bezüglich ihres Wunsches nach einer anschließenden attraktiven Zinsgestaltung für die Restlaufzeit von vier Jahren freue ich mich, ihnen ein Angebot unterbreiten zu können, von dem ich glaube, dass es in Bezug auf ihr Leistungsethos, ihre Geschäftspraktiken und ihren Lebenswandel (´Read my lips`) bestens zu ihnen passt. Ich verbleibe einstweilen mit freundlichen Grüßen und in freudiger Erwartung ihrer Rückantwort auf folgende Zusicherung:

Wenn der Hahn kräht auf dem Mist, ändert sich der Zins, oder er bleibt, wie er ist.“

Ein Mann hält Wort

Rolf Baumann weiß, worauf er sich eingelassen hat. Manager wie er werden angeheuert, wenn die Gesellschafter feststellen, dass die ´Langgedienten` die längste Zeit gedient haben, in ihrem Unternehmen jedenfalls. Wenn der Karren aus dem Dreck gezogen werden muss mit neuen, frischen Kräften. Wenn die Eigner mit ihrem Latein am Ende sind, bewährte Rezepte nicht mehr schmecken, weil die viel zu vielen Köche den Brei verdorben haben.

Die Hans Lehmann GmbH & Co. ist so ein Fall. Jahrzehntelang gab es nur einen Weg, nämlich den nach oben. Nie gab es Umsatzrückgänge oder Gewinneinbrüche, ein Jahr mit nur einstelligem Wachstum galt als schwaches Jahr.

Solch eine Erfolgsgeschichte färbt natürlich auch auf die beiden Eignerfamilien ab, die Familien Hans und Klaus Lehmann, Söhne des Firmengründers Hans Lehmann Senior. Sie und ihre Familien sind die unumstrittenen Herrscher der Stadt, ohne sie und ihr Unternehmen geht nichts. Kein örtlicher Kegel- oder Gesangsverein, der nicht unterstützt wird, die Renovierung der zuvor zwanzig Jahre verstummten Kirchenorgel geht auch auf ihre Kappe und im örtlichen Gemeinderat und im Wirtschafts- und Sozialausschuss sind beide selbstverständlich auch vertreten.

Die Ehefrauen helfen ehrenamtlich bei der Kirchentafel aus, Klaus´ Ehefrau hat zuletzt sogar als Kunstmäzenin und Galeristin aufhorchen lassen.

Da passt es so gar nicht ins Bild, dass seit letztem Jahr das Wachstum ihres Unternehmens stagniert, die Konkurrenz Umsatz abgreift und auf die erzielbaren Marktpreise drückt. Dieses Jahr droht sogar ein Jahresfehlbetrag, ein Umstand, der gefühlt dem nationalen Notstand gleichkommt. Die Nervosität ist groß, man tuschelt bereits im Ort, der langjährige Sprecher der Geschäftsführung musste das Unternehmen kürzlich verlassen. An der Belegschaft ist dies nicht spurlos vorbeigegangen, die Menschen sind besorgt, einige in leichter Panik sogar, hat man doch bei seiner langfristigen familiären Finanzplanung alles auf die ´Karte Lehmann` gesetzt.

Nun also Rolf Baumann. Dieser hat einen berühmt-berüchtigten Ruf als Sanierer, man sagt ihm nach, er sei nicht besonders zimperlich bei der Wahl seiner Mittel und nehme nicht allzu viel Rücksicht auf die Empfindlichkeiten der Menschen. Der Begriff ´Reichsbedenkenträger` klebt an ihm, aber anders, als vermutet. Er selbst verwendet ihn häufig zur abschätzigen Kommentierung von Leuten, die den Karren in den Dreck gefahren haben und immer am besten wissen, wie man ihn da garantiert nicht mehr herausbekommt. Allein: eine Idee, *wie* man ihn aus dem Dreck ziehen kann, die haben diese Typen nicht.

Baumann, mit dem wohlklingenden Titel des ´Executive Vice President Transformation` zur schmeichelnden Umschreibung seiner Rolle als Radikalsanierer geschmückt, tritt am Ende seiner ersten Woche, die er gleich schwungvoll mit 14-Stundentagen zum, wie er sagt, „Lernen, lernen und nochmals lernen" beginnt, vors Mikrofon. Er hat die gesamte aufgekratzte Belegschaft eingeladen zu einer „mentalen Neukalibrierung, einem Stand-up & sprint", wie er in der Einladung großspurt.

„In dieser Truppe steckt eine unglaubliche Power, viele gute Vibes, ich habe in den ersten Tagen so viele – bitte entschuldigen sie die Ausdrucksweise – geile Typinnen und Typen kennengelernt, ich kann ihnen sagen: Ich habe ein gutes, nein, ein saugutes Gefühl."

Fragen nach der Strategie und den ersten Maßnahmen zur Rettung des marodierenden Unternehmens werden lässig abgewehrt: „Das wird sich finden, entscheidend ist, was hier drinnen los ist.", während er mit der linken Hand Kopf und Bauch und mit der rechten seine Herzgegend beklopft. Und dann lässt er sich im Überschwang, verführt von rotwangigen, gleichermaßen euphorisierten und seelenbalsamierten Gesichtern, doch zu einer Prognose hinreißen: „Aber so viel kann ich ihnen bereits heute versprechen, trotz aller Schwierigkeiten, in denen dieses Unternehmen momentan steckt: In sechs Monaten wird die Hans Lehmann GmbH & Co. in einem völlig anderen Zustand dastehen. Nehmen sie mich beim Wort!"

Leider weigert sich das Zahlenwerk besagter Hans Lehmann GmbH & Co. in den folgenden Wochen beharrlich, die Euphorie seines leitenden Geschäftsführers zur Kenntnis zu nehmen. Bei rückläufigen Umsätzen schwinden die Margen überproportional, die Firma schließt auch das erste Quartal unter Baumann dick im Minus, dicker sogar als in den Baumannabstinenten Quartalen zuvor. Der Topmanager sieht darin keinen Grund zur Panik, schließlich hat er vermehrt in die Kundenakquise investiert, sich frischmoderne, aber leider auch kostspielige Werbeaktionen ausgedacht, deren Genialität sich nicht jedem Kollegen auf den ersten Blick erschließt und deren Früchte dann wohl erst später reif werden. Ist halt nicht jeder des visionär-strategischen Denkens mächtig. Aber das wird schon noch, wenngleich Baumann nur noch ein „gutes Gefühl" hat – die Steigerungsform („sau") verkneift er sich neuerdings.

Als der Erfolg auch nach vier Monaten noch auf sich warten lässt, ruft Baumann kurzfristig eine Besprechung mit seinem leitenden Verkaufspersonal ein, das er „V2-Meeting" nennt (Baumann liebt geschmacklich leicht verrutschte Anspielungen auf die jüngere deutsche Geschichte).

„Wir müssen jetzt zu einer Wunderwaffe greifen. Sie werden ab sofort bei den Kunden eine zehnprozentige Absatz- und Preissteigerung durchdrücken. Wer nicht mitzieht, ist die längste Zeit Kunde gewesen. Und ich darf ergänzen: wohl auch die längste Zeit Verkaufsleiter der Hans Lehmann GmbH & Co." Er hatte durchaus mit Widerstand gerechnet, schließlich kennt er seine Pappenheimer aus dem Vertrieb, die es sich nur allzu gern kuschelig einrichten und zu diesem Zweck mit rhetorischen Kanonen auf Spatzen schießen. Und immer wird gleich der nationale Notstand ausgerufen, darunter tun sie es nicht.

Aber der Sturm der Entrüstung, der ihm entgegen blies, war dann doch in seiner Vehemenz selbst für ihn, der so einiges erlebt hat, überraschend. Wie man dies denn bitte langjährigen, treuen Kunde erklären solle, wurde von Baumann mit einer Gegenfrage elegant gekontert: „Wofür habe ich sie? Muss ich denn auch noch ihren Job machen? Denken sie sich halt was aus."

So nicht, nicht mit Rolf Baumann. Der steht wie eine Eiche. Sich durchsetzen, wenn andere jämmerlich die Flinte ins Korn werfen, feige, mittelmäßig. Dafür gibt es doch Typen wie ihn, sie werden ihm noch dankbar sein, dass er nicht auf sie, diese Jammerlappen, gehört hat und sein Ding durchgezogen hat. Dass er sie zu ihrem Glück und dem der Firma zwingen musste. Er steht schließlich im Wort bei den Eignern und nicht zuletzt: bei der Belegschaft. Nein, nein, man muss nur Durchhaltewillen zeigen!

Dachte er, doch dann überschlugen sich die Ereignisse. Kunden sprangen ab, leitendes Verkaufspersonal ging, die meisten freiwillig. Die Umsätze erodierten, implodierten förmlich (und viele Kunden schrieben empörte Briefe an die beiden Lehmänner ob der dreisten Forderungen des Vertriebs. Beim Senior hätte es so etwas ganz bestimmt nicht gegeben!). Personalkosten mussten rasch durch Entlassungen gesenkt werden, und es gab nicht einen einzigen Hoffnungsschimmer, wie die Hans Lehmann GmbH & Co. wieder auf Kurs gebracht werden könnte. Dies sah auch der Gesellschafterkreis einstimmig so, die Formalitäten mit Rolf Baumann waren dann schnell erledigt.

Rolf Baumann wendet sich nun - der Mann hält Wort - zum zweiten und letzten Mal an die jetzt bleichen, entkräfteten Gesichter der Belegschaft und ist etwas enttäuscht, dass heute, anders als beim letzten Mal, der Funke nicht so recht überspringen will – trotz seines raumgreifenden, geschichtsbewussten Pathos:

„Ich habe ihnen vor einem halben Jahr versprochen, dass dieses Unternehmen in sechs Monaten in einem völlig anderen Zustand dastehen wird. Ich kann vor der Geschichte der Hans Lehmann GmbH & Co. nunmehr verkünden, dass ich Wort gehalten habe. Ich übergebe dieses Firma nun in ihre Hände, und darf hinzufügen: in einem völlig anderen Zustand."

Reitking hat die Haare schön

Reitking hat sich viel vorgenommen, seitdem bekannt geworden ist, dass es mit seinem bisherigen Chef Mark Vanstapp, Vorstandssprecher der Ellkling KGaA, nicht weitergehen wird. Als dessen persönlicher Assistent ist er nie richtig mit ihm warm geworden, gleich am Anfang hat er ihn wohl mit etwas zu linkslastigen Sprüchen und nassforschen Sympathiebekundungen für militante Klimaschützer irritiert. Dies würde ihm bei seinem Nachfolger sicher nicht passieren, man muss sich das Leben doch nicht unnütz schwer machen.

Mit Frommberg soll es jetzt ganz anders werden. Gleich vom ersten Tag an übt er sich in Freundlichkeit und versucht durch sein Empathievermögen – potenziell sicher eine seiner Stärken – die Vorlieben und Usancen seines neuen Chefs zu erspüren. Dabei ist ihm ein winziges Detail nicht verborgen geblieben: Frommbergs Haartolle. An sich ist Frommbergs Haarschnitt kurz, hinten sogar durch den Rasierautomaten regelrecht stoppelig bis kahlgeschoren. Aber diese eine Tolle über dem linken Auge, keck und verwegen, das sagt doch etwas aus über ihn. Bloß was!??

Morgens vor dem Spiegel erwischt sich Reitking dabei, wie er seine Haare nach vorne wuschelt, dann nach hinten kämmt, bis auf ein paar Strähnen, die er mit der Hand und etwas Schaumfestiger schwungvoll modelliert. Frommberg trägt diese Strähne nicht locker, sondern mit viel Gel regelrecht an die Stirn geklebt. Das ist das eigentlich Irritierende: als ob die Tolle an sich nicht schon verstörend genug wäre, er hat sie auch noch angeklebt! Reitking macht das aber nicht, er ist doch kein Schleimer. Er belässt es bei einer keck Richtung Auge fallenden, kühn geschwungenen Haarwelle. Und es ist das *rechte* Auge, nicht das linke, so viel Rebellion muss sein!

Sorgfältig registriert Reitking am selben Tage die Reaktion von Frommberg: nichts! Dafür aber reagieren die lieben Kolleginnen und Kollegen umso aufmerksamer auf ihn (nämlich kichernd!), meint Reitking jedenfalls beobachtet zu haben.

So richtig warm wird er in den nächsten Wochen nicht mit Frommberg. Vielleicht sind CEOs derart kühl und distanziert, er hat noch nicht genügend Erfahrung, um das beurteilen zu können, so jung an Lebens- und Berufsjahren. Mächtig irritiert ist er über Kollege Maurachs neuen Haarschnitt, der nach seinem letzten Frisörbesuch vorne in der Länge gleichgeblieben, nur hinten gekürzt ist – um daraus vorne dem vollen Haupthaar mehr Schwung zu verleihen. Es federt nun lässig und unaufhörlich auf und ab, wenn Maurach über den Flur wippt. So ein Widerling, denkt wohl, man merkt das nicht. Dieser Karrierehengst. Egal, er ist weit genug weg von Frommberg, da kann er quasi eine Madame Tussauds-Kopie von Frommberg sein, auf die Wahrnehmung seines Chefs hätte dies sicher keinen Einfluss.

Vorsichtshalber aber, quasi zur sichtbaren Abgrenzung gegenüber Maurach, beschließt Reitking, ab morgen seine bisher lediglich mit Schaumfestiger stilisierte Haarlocke auch an der Stirn irgendwie zu befestigen, so wie Frommberg. Ähnlichkeit schafft Nähe, Nähe schafft Sympathie, das hat er in einer Gastvorlesung zur Sozialpsychologie mal gelernt. Das alles möglichst unspektakulär - aber Maurach muss unter allen Umständen auf Abstand gehalten werden, jedenfalls, was das Äußere anbelangt.

Dass Frommberg sich immer noch demonstrativ unbeeindruckt von Reitkings Kopierbemühungen zeigt, verunsichert Reitking zunehmend. Ebenso das vermehrte Getuschel auf den Fluren, alle Welt scheint seine sichtbare äußere Veränderung zu notieren, nur der Hauptadressat seiner Wandlung nicht.

Dafür gibt ihm der bislang deutlich auf Abstand gehaltene und mittlerweile wieder vollständig kurzfrisierte Maurach Orientierung. Er zitiert den Kollegen Schlumby, der neulich im Café am Markt unauffällig einem Gespräch zwischen Frommberg und seinem Finanzchef gelauscht haben will. Demnach müsse sich Frommberg bald einer Hauttransplantation an der oberen Stirnpartie unterziehen, um eine hässliche Narbe als Folge einer Verätzung endlich wieder loszuwerden. Er freue sich schon darauf, bald diese lächerliche Haarsträhne wieder abschneiden und wieder wie ein normaler Mensch aussehen zu können. Er werde nach der Operation für einige Wochen eine kahle Stelle am Haaransatz haben, da, wo jetzt noch die Tolle klebt. Und aus diesem Grund werde er wohl während dieser Zeit eine Basecap tragen. Er habe sich gleich zwei bestellt, eine für ihn und eine für seinen Assistenten.

Nicht in seiner Hand

Wenn es einer verdient hat, der Nachfolger von Fritzbach zu werden, dann Mahlhuber. Unermüdlich im Einsatz, fleißig, loyal, stets bescheiden als zweiter Mann im Hintergrund, niemals vordrängend.

So hat er denn auch still und heimlich (dafür aber nicht minder effektiv) Gerüchte über Fritzbachs Homosexualität, nachdem er sie mit leicht-freudiger, aber sodann gleich wieder vehement unterdrückter Erregung zur Kenntnis genommen hatte, uneigennützig an entsprechende Stellen verteilt. Ohne böse Hintergedanken, schließlich ist Mahlhuber von liberaler Gesinnung, gepaart mit einem rheinischen Gemüt, von wegen ´Leben und leben lassen`. Er hat nichts gegen homoerotische Neigungen und hofft inständig, dass das auch die ihn umgebenden strenggläubigen katholischen Firmenbesitzer so sehen, an die er die Information weitergeleitet hat. Zumindest ist es mal ein Test, wie reif und tolerant die Company auf diesem Gebiet schon ist.

Auch dem Gerücht, Fritzbach habe Insiderhandel begangen, kann er nichts Seriöses abgewinnen. Aber loyal, wie er nun einmal der Firma gegenüber eingestellt ist („Ich bin zuvorderst der Firma gegenüber verpflichtet, erst dann meinem Chef."), hat er mal vorsichtshalber den Whistleblower gegeben. Fritzbach hat dank ihm nun die Chance, diese üble Nachrede ein für alle Mal aus der Welt zu schaffen.

Als die Gesellschafter die interne Revision mit einer Untersuchung bzgl. der Vorwürfe gegen Fritzbach beauftragt haben, erweitert um eine Recherche bzgl. Fritzbachs angeblicher Neigung zu etwas übergriffigem Verhalten gegenüber der weiblichen Belegschaft, hat sich Mahlhuber spontan und unter mittelfristigem Verzicht auf Freizeit an Abenden und Wochenenden bereit erklärt, dieses Projekt in leitender Funktion tatkräftig zu unterstützen. Schließlich ist es eine Win-win-Situation, die Gesellschafter erhalten Klarheit, und Fritzbach schließlich auch – über seine sexuelle Orientierung. Denn Mahlhuber ist schon verwirrt ob der widersprüchlichen Gerüchte und Beschuldigungen bezüglich Fritzbachs Vorlieben, was das andere oder das gleiche Geschlecht angeht.

Mahlhuber arbeitet aufopferungsvoll die Nächte durch, fasst die Zwischenberichte der internen Revision zusammen, wählt neue Interviewpartner aus, die er durch sachdienliche Hinweise beim Kantinenessen vorselektiert. Er informiert sich auch ausgiebig bei einem ihm nahestehenden Privatdetektiv über audiotechnische Möglichkeiten der Inhouse-Überwachung, ganz legal, versteht sich. Jedenfalls hat ihn der Spürhund dermaßen überzeugt, dass er ihn mit Zustimmung des Vorsitzenden der Gesellschafterversammlung auf Fritzbach ansetzt. Nur um zu sehen, ob an den Gerüchten überhaupt etwas dran ist. Und wenn er schon einmal dabei ist, vielleicht gibt es ja noch etwas anderes, das sich im Lichte der sich nunmehr verdichtenden Indizien gegen Fritzbach kritisch zu bewerten lohnt. Diese Zusatzdienstleistung beauftragt er allerdings nur, weil der Detektiv pauschal honoriert wird, da soll er etwas tun für sein Geld, soll möglichst viel zutage fördern. Inständig hofft er natürlich, es möge nichts dabei herauskommen, aber seine Gewissenhaftigkeit als ehrbarer Kaufmann gebietet ihm, wenn schon nicht den Preis zu drücken, dann doch wenigstens ein höheres Quantum an pikanten Details beim Dienstleister einzufordern, zumindest aber anzureizen.

Als der Sherlock Holmes dann tatsächlich entdeckt, dass Fritzbach mit einer gewissen Wahrscheinlichkeit, die er bei circa 25 % einstuft, ein uneheliches Kind vor der Öffentlichkeit und dem Gesellschafterkreis geheim hält, zuckt Mahlhuber jäh zusammen. Das tut weh, ausgerechnet in diesem konservativ-katholischen Milieu, ach Mensch, Fritzbach, hättest du doch geredet! Eigentlich geht es die Eigner und die Öffentlichkeit gar nichts an, aber was will man machen, gesagt ist gesagt, jetzt ist es raus. Und was nun daraus gemacht wird, hat Mahlhuber nicht in der Hand. Da mischt er sich nicht ein. Auch nicht bei der Frage, wie man Fritzbachs Immobilienkredite zu bewerten habe, die offensichtlich dessen Eigenkapital bei weitem übersteigen, es sei denn, der geschätzte Herr Vorgesetzte hat noch irgendwo schwarze Konten im Ausland. Wo wir beim nächsten Thema detektivischer Investigativarbeit wären. Was will Mahlhuber auch machen? Eine Taube ist er, und mit einem einzigen Flügelschlag hat er ein Gewitter ausgelöst.

An ihm liegt es nicht, hätte Fritzbach nichts zu verbergen gehabt, dann wäre der Stein doch erst gar nicht ins Rollen gekommen.

Vor allem wenn man bedenkt, dass an dem Insiderhandelsgerücht gar nichts dran ist, wie sich im Nachhinein herausgestellt hat. Auch nicht an seiner angeblichen Neigung zum gleichen Geschlecht. Und übergriffig scheint er auch nicht geworden zu sein, war wohl nur ein Erpressungsversuch der vermeintlich Geschädigten. Aber nun sind die anderen Dinge in der Welt (das uneheliche Kind) bzw. werden sicherlich bald das Licht der Welt erblicken (die schwarzen Konten, Mahlhuber ist sich da ganz sicher: die gibt es, die muss es geben!).

Als Mahlhuber das Angebot zur Nachfolge Fritzbachs vom Sprecher der Gesellschafterversammlung erhält, schaut er beschämt zu Boden. „Ich weiß nicht, ob ich den Schneid von Fritzbach habe", räumt er bescheiden ein. „Wenn der Gesellschafterkreis aber der Meinung ist, ich solle es machen, lege ich mein Schicksal gerne in seine Hand. Aber ich gebe zu bedenken: ich bin nur ein einfacher, fleißiger Arbeiter im Weinstock des Herrn, dem das *Gemeine* über sein eigenes Wohl geht."

Frankie goes objective

Frank ´Frankie` Burghals ist es leid. Als oberster Human Resources Manager in einem mittelständischen Unternehmen der Textilbranche wird er permanent dafür verantwortlich gemacht, dass die ein oder andere Personalauswahlentscheidung gründlich danebengegangen ist. Dabei waren es doch immer die Fachbereiche, die entgegen seiner Ratschläge die ´Graupen` wollten. Wenn Frankie Burghals seine Kollegen aus den Fachbereichen einen Satz mit „Mein Bauch sagt mir ..." beginnen hört, weiß er, dass es ernst wird. Dann „kriegt er Pickel", wie er sich im Kreis seiner Untergebenen gerne auszudrücken pflegt.

Einmal hat er den Fehler begangen, seinem Kollegen Fritzköter aus dem Marketing dessen missglückte Besetzungsentscheidung unter die Nase zu reiben, nicht aus Eitelkeit, sondern im Sinne einer Qualitätsverbesserung, um es beim nächsten Mal besser zu machen, also demnächst am besten gleich auf den guten alten Frankie zu hören.

„Ja, ja, hinterher haben sie es dann immer schon vorher gewusst", kam schnippig zurück, begleitet von kaum kaschierter, tiefempfundener Geringschätzung gegenüber der Zunft der Personalmanager: „Ihr mit euren schönen Persönlichkeits- und Eignungstheorien, die taugen alle nichts, sind genauso subjektiv wie sie falsch sind, sind nur Theorien und Modelle, mehr nicht. Aber wir von der Front haben wenigstens praktische Erfahrung mit Menschen, müssen mit den Konsequenzen tagein tagaus leben, das schult. Wissen, wie Menschen unter Druck ticken, wenn es nicht nach Lehrbuch läuft. Also, geschätzter Kollege Burghals, ich sag ihnen mal was: Lassen sie mich in Zukunft in Ruhe mit ihren Schlaumeiereien, behelligen sie mich erst wieder, wenn sie ein geeignetes Auswahlverfahren gefunden, meinetwegen auch *erfunden* haben. Eins, das uns hilft, weil es objektiver und damit besser ist als sie und ich zusammen."

Das hatte gesessen. Nicht nur der unverschämt direkte Duktus, auch die Essenz dieser Fundamentalkritik. Und nach der ersten Empörung und dem typischen Gejammer in trauter, untergebener Runde musste sich Burghals eingestehen: so ganz unrecht hatte Fritzköter nicht. Nicht völlig.

Tags drauf hatte sich Frankie alle Termine vom Hals gehalten, er verbrachte Stunden mit Suchmaschinen und Begriffen wie ´Eignungsdiagnostik`, ´objektiv` und ´anerkannt`. Die Fülle an Angeboten, Artikeln und Bewertungen war schier übermächtig. Jetzt begann er, der gelernte Diplom-Pädagoge, den Tag zu verfluchen, als er die Fächer ´Methodenlehre, Statistik, Diagnostik, Evaluation` aufgrund seiner Logikunverträglichkeit und Mathematikallergie mehr oder weniger links liegen gelassen hatte. Eine anfänglich berufliche Verirrung in Richtung Sozialpädagogik oder klinischer Betätigung hatte ihn zu dem so fatalen wie falschen Glauben verführt, er brauche das alles nicht. Erschwerend kam hinzu, dass er sich seit seinem Einstieg in den Personalbereich nur ungern mit den diagnostischen Themen beschäftigte. Das würde eh kein Mensch hier in diesem schnarchigen Unternehmen akzeptieren, wenn er auf einmal mit irgendwelchen Psychotests ankäme. Das dachte er jedenfalls - bislang.

Heute kann er aber stolz ein Zwischenfazit ziehen. Er hat einen Softwareanbieter ausfindig gemacht und sich von dem freundlichen Herrn Diplom-Psychologen, einem gewissen Jan-Thorben Schneidepabst, auch gleich vor Ort aufklären lassen, wie mithilfe des Programms ´Vitaselection` eine objektive Eignungsmessung gelingt.

Und das geht so: es werden alle möglichen biografischen Daten erhoben, als da wären: Kindergarteneintrittsjahr, Schuleintrittsjahr, Geschwisteranzahl, Körper-, Kleider- und Schuhgröße, Anzahl der Zahnbürsten, Anzahl der benutzten Eau de Toilets, Führerscheinklassen, Sportabzeichen, Anzahl der z.Z. verwendeten Anzüge, Anzahl der bisherigen Sexualpartner, sexuelle Identität, Augenfarbe, Bodymaßindex (BMI), derzeitiges Bruttogehalt usw. Insgesamt kommt Burghals auf eine stattliche Zahl von über einhundert Variablen. „Die Mühe lohnt sich", wird ihm vor Ort von Dipl.-Psych. Schneidepabst versichert.

„Wissen sie, die Leute wollen doch keine obskuren Persönlichkeitstests oder so etwas, wo überhaupt nicht klar ist, in welcher Beziehung die Fragen zum Berufserfolg stehen!"

„Na ja, ob die Schuhgröße nun so eng verbandelt mit dem Berufserfolg ist, weiß ich aber auch nicht."

„Das wird aber alles durch unseren ausgefeilten, megakomplexen und in unzähligen Optimierungsschleifen verbesserten Algorithmus besteffektiv kombiniert und optimal gewichtet. Ich sag nur: Big Data. Der Algorithmus weiß, wie wichtig eine bestimmte Variable ist und wie sie mit anderen Faktoren interagiert. Und das kann fluktuieren, würde dann aber den subjektiven Beurteiler überfordern. Ein Beispiel: Normalerweise ist die Anzahl der Sportabzeichen ein besserer Indikator als beispielsweise die Anzahl der Parfüms, wenn der BMI aber hoch ist, dreht sich der Spieß um."

Burghals` ungläubiger Blick wird vorsichtshalber – Schneidepabst ist da ganz der gewiefte Verkäufer - mit „ist nur ein von mir soeben frei erfundenes Beispiel, es geht mir nur um die Verdeutlichung des Prinzips" beantwortet. Und Schneidepabst setzt gleich noch eins drauf: „Ein menschliches Gehirn kann derart viele Variablen nicht verarbeiten, geschweige denn wiederholt, immer gleich präzise und unabhängig vom Gehirn des Verarbeitenden."

„Unabhängig?"

„Na klar, ist doch der Computer, die künstliche Intelligenz garantiert benutzerunabhängige Objektivität."

Das ist das Zauberwort: Objektivität. Das war exakt der Vorwurf von Fritzköter: er vermisst ein objektives Verfahren.

„Dann ist die Objektivität bei ziemlich genau 100 Prozent, nicht wahr?"

„Nicht nur ziemlich genau, sondern exakt genau."

„Und die Prognose auf Berufserfolg ist deshalb tatsächlich besser als bei anderen Verfahren?"

„Zumindest nicht schlechter, übliche Verfahren, wenn sie gut sind, erreichen eine prognostische Validität zwischen 15 und 25 Prozent. Da liegen wir ziemlich genau in der Range. Aber dafür ist es mit ´Vitaselection` günstiger und von den Kandidaten besser akzeptiert, da es objektiv ist. Was will man mehr erreichen als Objektivität, wenn man es mit dem komplexesten aller Gegenstände zu tun hat, dem Menschen."

Das laute Lachen von Schneidepabst befreit Burghals von seiner sich soeben spontan eingestellten intellektuellen Verspannung, dachte er doch gerade noch erfolglos darüber nach, was prognostische Validität denn genau sei, wie man sie messen könne und ob nicht ein Münzwurf eine bessere Prognose, nämlich 50%, (Ist das dann auch ´prognostische Validität`?) bieten könne.

Frankie Burghals ist sich nunmehr, ein halbes Jahr nach der Einführung von ´Vitaselection`, endgültig sicher, dass er in Methodenlehre besser hätte aufpassen sollen. Der Unterschied zwischen Objektivität und Validität, prognostischer zumal, scheint doch bedeutender zu sein, als ihm bislang klar war. Denn selbst mit ´Vitaselection` sind die Auswahlentscheidungen immer noch schlecht, wenn auch, immerhin, *objektiv* schlecht.

Wie Braunbach wirklich tickt

Braunbach hat sich viel vorgenommen. Er will Nägel mit Köpfen machen und hat zu diesem Zweck seinen Chef, Martin Hingstberg, nebst Gattin zu sich nach Hause eingeladen. Ihn lockt die Aussicht, dem kurz vor der Pensionierung stehenden Hingstberg als kaufmännischer Geschäftsführer nachzufolgen. Dazu ist aber dessen Fürsprache beim Aufsichtsrat und Vorstandssprecher erforderlich, schließlich hat Hingstbergs Rat dort noch immer großes Gewicht. Weil Braunbach sich nicht traut, ihn auf seine persönlichen Chancen auf die Nachfolge anzusprechen, hat er sich diesen Plan mit einem unverfänglichen Tete a Tete ausgedacht: ein Dinner-Abend bei ihm zu Hause. In zwangloser Atmosphäre kann das Eis schmilzen, sitzt die Zunge womöglich lockerer. Vermutlich ergibt sich an diesem Abend schon eine klare Indikation, zumindest dürfte sich später an solch ein ´emotional liaising` spielend anknüpfen lassen zur weiteren Klärung des Sachverhalts.

Braunbachs Lebensgefährtin Esther ist gar nicht begeistert. „Und wie lauten deine Ansprüche an diesen Abend? Ich nehme an, wenn du nicht mächtig Eindruck machst, hat die ganze Übung wenig Nutzen."
Auch wenn Esther merkt, dass Braunbach sich schon über vieles Gedanken gemacht hat - die Speisenabfolge, Kleidung, die passenden Getränke - „bliebe aber ein Problem, was wir nicht so schnell aus der

Welt bekommen: unsere, oder besser: deine Wohnung!"

Dazu muss man wissen, dass Braunbach alles andere als eine Stilikone ist, eher der nüchterne, nutzenorientierte Vernunftmensch, eben ganz der gelernte Buchhalter. Man könnte ihn auch ohne Skrupel als ´geschmacklos` bezeichnen, aber nicht im landläufigen Verständnis: er kauft nicht bewusst Dinge, die nichts Gutes über seine Stilsicherheit verraten, so ist es nicht. Er agiert nicht wie diese Modebewussten und Trendfetischisten, für die selbst eine Seifendose voller Bedeutung ist und nicht bewusst genug ausgewählt sein kann – ein bisweilen mäßig erfolgreiches Unterfangen, zumindest aus der Sicht des gewöhnlichen Geschmäcklers. Nein, Braunbach ist ein ganz anderer Typ: seine Wohnungseinrichtung interessiert ihn einfach nicht! Seine Art von „hier passt nichts zusammen, jedes Einzelstück für sich betrachtet ist schon hässlich genug, aber die Kombination ist nahezu unschlagbar" (Zitat Esther), zeugt von einer Stil-Ignoranz, die ihresgleichen sucht. Und sind die Gegenstände erst einmal platziert, dann hat das Schicksal für sie ein langes glückliches Leben just an dieser Stelle im Hause Braunbach vorgesehen.

Für Esther war dies ein Grund des Zweifels, als sie vor drei Jahren das erste Mal seine Wohnung betrat. Zweifel, ob sie zu ihm ziehen sollte und – so nachhaltig war der Eindruck - ob er überhaupt der richtige Mann für sie sei. Jemand, der zwar in München-Bogenhausen wohnt, aber den ansonsten Etikette einen feuchten Kehricht scheren. Seit ihrem Einzug hat sich jedenfalls in dieser an sich schick-geschnittenen, für Münchner Verhältnisse fast schon verschwenderisch geräumigen Wohnung, die so gar nicht mit inneren Werten aufwarten kann, nichts geändert. Mein Gott, der Mann ist doch vermögend, was man aus diesem Schmuckstück machen könnte! Aber jeder ihrer Vorschläge wurde bislang mit genervten Blicken gekontert, die kalkulierten Kosten einer generalüberholten Einrichtung waren dann Wasser auf die Mühlen Braunbachs. „Bitte, wenn du dir das leisten willst, ich zahle es nicht." Und schon war die Diskussion auf unbestimmte Zeit verschoben.

Braunbach lässt den Blick über den Wohnbereich schweifen, kritischer als sonst, eigentlich das erste Mal wirklich kritisch. Es beschleicht ihn ein Gefühl nicht zu besiegender Ohnmacht, zusätzlich verstärkt durch sein Minderwertigkeitsgefühl gegenüber Hingstberg, welcher ein Feingeist zu sein scheint, ein ´Art-of-Living-Virtuose`, ein Selbstoptimierer, den die grelle Farbe eines Badetuchs oder der Anblick einer unachtsam immer noch in Gebrauch befindlichen Karaffe aus Studentenzeiten schon mal aus dem Konzept bringen kann. Wichtig scheint Hingstberg, so Braunbachs Resümee zahlloser Smalltalks mit ihm, auch das Markenbewusstsein zu sein. Ein Sofa hat nicht nur schön, bequem und haltbar zu sein, es muss auch Carlo Benzi, Wolfram Jupp oder Sarotti oder was weiß Braunbach draufstehen. Eine Lampe muss immer eine Designerlampe sein, möglichst von den Lizenzbetreibern der Bauhaus-Schule. Böden: teuerster Stein aus Travertin, mit spezieller Marmorierung,

Parkett nur von Diederich oder wie die heißen. Schon die Namen dieser Designermarken entlocken Braunbach des Öfteren ein Kopfschütteln, merken kann er sie sich eh nicht, wozu auch?!

Braunbach kann nichts auch nur Annäherndes sein Eigen nennen. Alles irgendwie zusammengekauft bei schwedischen Einrichtungshäusern, Flohmärkten, Internetbörsen, vieles schon mehrere Jahrzehnte alt, aber „immer noch zeitlos schön", wie er, aber nur er, die Gegenstände klassifiziert. Esther würde sagen: bestenfalls ganz nett, aber nichts zum Angeben. Und so etwas von gar nicht aufeinander abgestimmt.

Doch Braunbach wäre nicht Braunbach und wäre nicht heißester Anwärter auf Hingstbergs Nachfolge, wüsste er nicht einen Ausweg aus der misslichen Lage: „Wir müssen uns halt ein Konzept überlegen, wie das alles zusammenpasst und was wir uns bei jedem einzelnen Objekt gedacht haben. Was nicht passt wird halt passend gemacht."

„Du", entgegnet Esther, der Peinlichkeit vorbeugend. „*Du* musst dir das überlegen, was *du* dir dabei gedacht hast, nicht *wir*."

Der Abend mit Hingstberg und Gattin beginnt vielversprechend. Eingerahmt in Esthers exquisite Menüfolge und einem netten Geplauder über Urlaube und Braunbachs sportliche Heldentaten (in der D-Jugend war er mal Torschützenkönig mit über 40 Treffern in einer Saison, aber dann rissen die Kreuzbänder) nutzt Braunbach die Gunst der Stunde, um zum wesentlichen zu kommen: seine Einrichtung. Die ganze Zeit konnte er beobachten, wie die Blicke von Hingstberg und vor allem seiner Gattin rast- und ruhelos durch den Wohn-Essbereich huschten, immer auf der Suche nach Halt, nach intellektuellem Begreifen, was sich da vor ihren Augen auftat. Braunbach konnte ihre Verzweiflung (und die Esthers) förmlich riechen, als er sich endlich, endlich, zu einer Auflösung der Spannung entschied.

„Wissen sie, dieses ganze Innenarchitekten-Getue, dieser Ton-in-Ton-Fetischismus, ist doch nur der hilflose Versuch Geschmackbefreiter, sich einen Style (er sagt „Style", nicht „Stil") zu kaufen oder zu borgen." Eine starke Ouvertüre.

„Stattdessen muss man sich vom Diktat der Markenartikler und Topbrands befreien und seinen eigenen Stil finden. Das Ganze braucht eine Generik, ein Grundprinzip, aus dem sich dann alles ableitet", hören ihn die drei anderen interessiert und erstaunt dozieren, als ob das Einrichten einer Wohnung eine Mathematik-Aufgabe,   Fachrichtung   Kombinatorik, wäre.

„Darum habe ich mich schon vor langer Zeit entschieden, altes und neues, braunes und gelbes, rotes und blaues, plüschiges und kühles, offenes und enges, gewagtes und biederes, alles mit allem immer wieder und immer wieder neu zu kombinieren. Vor sechs Monaten sah das alles hier noch komplett anders aus. Immer wieder neu heißt das Motto, spannungsvoll und harmonisch zugleich. Kostet mich zwar ein Vermögen, ist es mir aber wert. Wenn andere fünfzehn Tausend für ein Sofa in zehn Jahren ausgeben, liege ich bestimmt bei dreißig, weil ich jedes Jahr was anderes mache. Ich experimentiere für mein Leben gern, ohne mein Credo dabei aufzugeben. Authentizität ist mir wichtig, und meine Authentizität heißt ´Eklektizismus, Dynamik, Spannung, Harmonie`." Braunbach ist jetzt nicht mehr zu bremsen.

„Nichts soll nur oberflächlich zusammenpassen, und das immer wieder neu und in innovativer, frischkreativer Konstellation. Gelsenkirchener Barock vs. Bauhaus, Kuben treffen auf Konkav-Konvexes, Glasfassaden fordern Bunkerbauten heraus, deutsche Eiche trifft auf Betonbrutalismus, Kork auf polierten Estrich, Almhütte aus Holz auf Großstadtloft mit Sichtbeton und rohen Stahlträgern. Alles ist anregend, provozierend, nagt an dir, frisst dich auf und entspannt dich im gleichen Atemzug, und schon, kaum erholt, planst du wieder eine Runderneuerung, ein neues, ein anderes Highlight, bist auf der Suche, findest dabei aber nie die perfekte Welt, obwohl, oder genau weil du Perfektion anstrebst, und du es sogar liebst. Es treibt dich an. Oder besser: du bist Treiber und Getriebener zugleich, und das ist es, wofür sich zu leben lohnt." Erschöpft und berauscht zugleich lehnt sich Braunbach zurück, ein Gesichtsausdruck, als erwarte er stehende Ovationen.

Hingstberg ist dazu aber zunächst nicht in der Lage, der Arme ist völlig fertig. Als er sich wieder etwas erholt hat, versucht er das soeben Gehörte einzuordnen. So habe er das noch nie gesehen. Ihm wäre

bisher verborgen geblieben, dass eine Wohnungsein-
richtung so viel Sinn stiften könne, ja ein beträchtli-
cher Teil des Lebens sei. Da sei man stolz, dass so ein
Benzi-Sofa vielleicht zwanzig Jahre hält, und dann
müsse man erfahren, dass das gar nicht so toll sei!

„Es war ein wunderschöner Abend, und das mit
der Inneneinrichtung, das müssen wir bei Gelegenheit nochmal vertiefen.", ruft Hingstberg beim Verlassen der Wohnung begeistert und immer noch ein
wenig benommen hinterher.

Braunbach liegt nun entspannt in seinem an den
Lehnen total abgewetzten Fernsehsessel aus braunem
Cord, an dem Hingstberg besonders viel Gefallen gefunden hat („Wo gibt es das noch?"). Zufrieden mit
sich, seiner grandiosen Idee und seiner noch grandio-
seren Performance.

„Respekt", zeigt sich Esther beindruckt, „ich bin
wirklich baff. Und Hingstberg wohl auch. Nur bei seiner Frau bin ich mir nicht sicher. Sie schaute dich
während deines flammenden Plädoyers für das ge-
schmacklose Styling immer ein bisserl kritisch an."

„Wie fandest du den Abend?", fragt Hingstberg
seine Gattin auf der Rückfahrt.

„Bis zu dem Punkt, wo dein Herr Braunbach seine
Einrichtung kommentierte, sehr angenehm. Ich
dachte, so ein bodenständiger Typ, sympathisch,
hemdsärmelig, endlich mal keiner deiner Kollegen,
die immer so rumprotzen und bei denen alles perfekt
sein muss, Frau, Uhr, Auto, Haus und vor allem das
Interieur. Aber wie man sich täuschen kann. Er ist
wohl doch keinen Deut besser – im Gegenteil."

Tags darauf bittet Hingstberg Braunbach zum Gespräch, bedankt sich artig für den gestrigen inspirierenden Abend und kommt gleich auf den Punkt:

„Wie sie wissen, Herr Braunbach, stehen in Kürze einige Personalentscheidungen an, altersbedingt wird es Veränderungen geben in der Geschäftsführung und auf den Führungsebenen darunter. Kurzum: ihre Stelle wird so in dieser Form nicht weiter benötigt und mit der des Kollegen Hurch zusammengelegt. Ich könnte ihnen aber die Position von Herrn Grünkabel im Marketing anbieten, wir brauchen etwas mehr Schwung, Disruption und Kühnheit in unserer Markenführung. Wir benötigen jemanden, der Dinge radikal denken kann, sich nicht um Konventionen schert und dabei dennoch stilbewusst und klar durchs Leben geht. Der gestrige Abend war für mich ein Augenöffner, mir ist bewusst geworden, was sie wirklich können, was sie wirklich wollen, wie sie wirklich ticken."

Mit Maurer nicht zu machen

Manchmal muss man im Leben einfach Haltung zeigen, auch und vor allem, wenn es weh tut. Auf den Charakter kommt es an. Gerade, wenn es um übergeordnete Ziele geht, nämlich die Rettung des Unternehmens, für das man Verantwortung trägt.

Fritz Maurer ist solch ein Kaliber. Während andere sich von der kleinsten Nervosität der Gesellschafter oder Kunden anstecken lassen (Stakeholder-Management nennen die das, allein schon dieses alberne Wort, ohne Anglizismen kommt heute wohl keiner mehr aus), behält Maurer seinen geraden und aufrechten Stil bei. Manche nennen es altmodisch, reaktionär gar, das ficht Fritz Maurer nicht an. „Modern ist, was gewinnt.", pflegt Maurer einen berühmten deutschen Fußballtrainer häufig zu zitieren. Und Maurer tut gut daran, nicht modern im modernen Sinne zu werden, so häufig, wie er gewinnt.

In exponierter Stellung, als Vorsitzender des Betriebsrates der Hermann Waldschmidt GmbH & Co. KGaA, hat er schon viele Stürme, oder treffender: CEOs, überlebt. Er hat sie alle kommen und gehen sehen: die Dampfplauderer, Besserwisser, Supersmarten, Investmentbanker, Finanzgurus, Technokraten, Erbsenzähler, Controller (oder wie er immer sagt: Kontrolller), jene mit Visionen (und deshalb eigentlich zum Arzt müssten, haha), die Glücklichmacher, Heilsverkünder und Industrieschauspieler, die

Kämpfer, Raufbolde, Chaoten, die Everyone´s Darlings, die Alleskönner, die sich dann als die ´zuvor und jetzt wieder Gescheiterten` entpuppten und so weiter und so weiter. Über sie alle könnte er ganze Romane schreiben. Macht er aber nicht, er will nicht nachtreten. Er kann sie gar nicht mehr zählen, all die, die sich an ihm abgearbeitet haben, letztlich erfolglos. Hätte doch nur einer, nur ein einziger, auf ihn gehört. Das bittere Ende hat er jedenfalls immer schon früher als alle anderen kommen sehen.

Seit der Zeit seines Amtsantritts, also seit ziemlich genau zwanzig Jahren, geht es nun schon stetig bergab mit der Hermann Waldschmidt, die einen sagen, wegen des in die Jahre gekommenen Geschäftsmodells, die anderen wegen des unfähigen Managements und der dementsprechend häufigen Wechsel. Böse Zungen behaupten sogar, Fritz Maurer selbst wäre der Grund allen Übels, hätte er doch jede notwendige Veränderung blockiert und nur durch geschickte Winkelzüge – einige reden gar von Erpressung - innerhalb seines Gremiums überlebt. Nach dem Motto: erst bringt er das Unternehmen durch Trotz und Verweigerung in die Krise, und dann schlägt er Stimmungskapital aus selbiger. Maurer wurde sogar mehrfach als „selbstgerecht" bezeichnet. Es ist ihm völlig schleierhaft, wie solch ein Eindruck jemals entstehen konnte, schließlich kann er mit Fug und Recht behaupten, dass es ihm nie um ihn selbst ging. Er mag vielleicht von den Krisen in seiner persönlichen Betriebsratskarriere unfreiwillig profitiert haben, für ihn haben die gescheiterten Manager aber selbst Schuld. Keiner konnte seinen hohen Ansprüchen genügen, fertig aus.

Gegenwärtig ist die Hermann Waldschmidt GmbH & Ko. KGaA noch tiefer als jemals zuvor in einer existentiellen Krise, alles taktieren, lavieren, Banken und Eigner vertrösten hilft nicht mehr, die Sache ist klar: Das Unternehmen muss sich von einem Teil, nämlich der Kosmetik-Sparte, in der es komplett den Anschluss verschlafen hat, trennen, um langfristig überlebensfähig und überhaupt erst einmal wieder liquide zu sein. Dies ist die Forderung der Banken, und sie haben unmissverständlich klar gemacht, dass ein weiteres Hinauszögern dieses notwendigen Schrittes das Ende der Kreditlinien bedeuten und somit wohl unweigerlich und von einem Tag auf den anderen das Ende der Hermann Waldschmidt bedeuten würde.

Dies nun entschlossen umzusetzen ist die Aufgabe von Rüdiger Behring, dem neuen Firmenchef. Auch so ein nassforsches Windei, der mit einem St. Gallen- oder Fontainebleau-Abschluss meint, fehlende Praxis ersetzen zu können, mutmaßt Maurer. Keine Lebenserfahrung, nichts, was Substanz hat, Kreismeister im Tischtennis vielleicht, aber diese Unternehmensperle vor dem Ruin retten? Sicher nicht, garantiert nicht, orakelt Maurer bereits vor dem ersten Treffen auf Grundlage eines gewissenhaften Literaturstudiums des Werdegangs Behrings.

Die Kennenlernrunde mit dem Betriebsrat versucht Behring gleich dazu zu nutzen, bei den Betriebspartnern die Einsicht in die Notwendigkeit zur

Veränderung zu erzeugen. Eine Eliminierung der Division ´Kosmetik` sei leider ein „no brainer", einschließlich des dazugehörigen Personals, versteht sich. Behring hätte vielleicht nicht den englischen Begriff verwenden sollen, und der Terminus „Eliminierung" war vielleicht auch nicht ganz glücklich gewählt - jedenfalls ist danach ein konstruktiver Dialog nicht mehr möglich, da sich laut Maurer der CEO in einer zynischen und neoliberalen Sprache geäußert habe, die tief blicken lasse und eine schwere Hypothek für die zukünftige Zusammenarbeit darstelle. Der Betriebsrat sei wohlwollend konstruktiv, aber die verdienten Mitarbeiterinnen und Mitarbeiter als „no brainer" zu bezeichnen und sie deshalb „eliminieren" zu wollen, das ginge zu weit. Da hilft auch Behrings flehentlicher Einwand, man könne ihn nur missverstanden haben, nicht mehr weiter, die Sitzung findet ein abruptes Ende.

Bei der nächsten Zusammenkunft will Behring es geschickter anstellen, er bringt gleich den Verkaufsleiter der Kosmetik-Sparte und dessen Controller mit. „Lasst Zahlen und Fakten sprechen, das verhindert Reibung.", stimmt er die Beiden noch optimistisch ein. Und tatsächlich: die Stimmung hält zunächst, bis zu dem Moment, als der Verkaufsleiter seine Kollegen als „Kanonenfutter des Kunden" und der Controller dieses Futter als „Humankapital" aufzuwerten versucht.

„Meine Herren", hört das Trio den Genossen Maurer zur Höchstform auflaufen, „die Gleichstellung der Altgedienten mit Futter und Kapital, hübsch verpackt durch die Bezeichnung 'Human` ist eine bodenlose Frechheit, ein Zynismus ohnegleichen. Unsere Kollegen sind kein Kanonenfutter und ihr Wert bemisst sich auch nicht in Kapitalvermögen." Das vereinte Tischklopfen bestätigt dem Geschäftsleitungstrio, dass auch dieser Konferenztag weniger harmonisch enden dürfte als erhofft. Vielleicht war es doch keine gute Idee, die Präsentation durch dreißig Seiten „Fakten, Fakten, Fakten" zu pimpen, die Wirkung verpufft jedenfalls vollends, weil Maurer es ohnehin besser weiß: „Traue keiner Statistik, die du nicht selbst gefälscht hast. Folien produzieren noch und nöcher, das können sie! Wir durchschauen aber ihr Spiel, und wir spielen nicht mit!"

Auch Behrings Bitte nach Vorschlägen aus der Mitte des Betriebsrats zum Überleben der Sparte, wird geschickt gekontert: „Sind wir der Firmenchef oder sie?", heißt es da von Maurer nur spitz und sachlich korrekt.

Das Angebot, sich an der Problemlösung im Rahmen einer paritätischen Arbeitsgruppe zu beteiligen, man sei ja bereit, die Argumente des Betriebsrates zu berücksichtigen, zu beherzigen und womöglich sogar 1:1 umzusetzen, wird ebenfalls abgelehnt. „Damit es dann hinterher heißt, wir hätten das miese Spiel noch mitgespielt!", lautet die verblüffend-einleuchtende Begründung.

Als der besorgte Aufsichtsratsvorsitzende - Gott sei Dank hat wenigstens *er* einen guten Draht zur Arbeitnehmervertretung und zu Maurer im Besonderen - Behring von dem äußerst aufgebrachten Herrn

Maurer berichtet, der sich die größten Sorgen um das Unternehmen mache und auch um die Werte und den Stil des Hauses, muss Behring ihm versprechen, alles zu tun, um „den lieben Herrn Maurer" zu besänftigen. Denn, so vernimmt Behring noch zum Ende der Unterredung die Mahnung: „Geht's Maurer gut, geht's allen gut!"

Schließlich versucht Behring über ein persönliches Gespräch einen Schritt auf Maurer zuzugehen, seine Motive, Ziele und Einstellungen zu begreifen, damit er wenigstens eine Ahnung davon bekommen kann, was er und der Betriebsrat eigentlich konkret wollen.

„Ich freue mich, dass sie Zeit und Gelegenheit finden, sich mit mir über den Ernst der Lage ..."

Weiter kommt Behring nicht. Ein empörter Maurer zeigt sich besorgter als jemals zuvor: „Wie bitte? Zeit und Gelegenheit? Wollen sie mich beleidigen? Ich denke Tag und Nacht an dieses Unternehmen, schlafe kaum mehr, und sie reden von ´Zeit und Gelegenheit`? Und den Ernst der Lage habe wohl nicht ich und meine Kolleginnen und Kollegen zu verantworten, sondern sie und ihre zig Vorgänger, die allesamt nichts getan haben, obwohl der Betriebsrat jede, wirklich jede erdenkliche Form von Kooperation signalisiert hat."

Die heute stattfindende Betriebsversammlung wird wie jedesmal in den letzten mehr als zwanzig Jahren von Fritz Maurer eröffnet. Und wie immer kleben die Mitarbeiterinnen und Mitarbeiter, die Führungskräfte und die Geschäftsleitung, an seinen Lippen. Die einen aus heller Freude über das nun beginnende rhetorische Feuerwerk, die anderen aus Furcht, dass er sie gleich verbal in Stücke reißt. Man sagt, Maurer habe durch seine Betriebsversammlungsphilippiken sogar die strahlendsten Managerkarrieren zerstört.

Nachdem Behring der entsetzten Belegschaft erläutert hat, dass eine Rettung der Kosmetiksparte vom Tisch sei, weil der Betriebsrat sich jeglicher Form des Dialoges verweigert habe, tritt Fritz Maurer ans Mikrofon:

„Wir haben wirklich Kooperationsbereitschaft signalisiert, fast bis zur Selbstverleugnung. Aber die sozial-kommunikative Inkompetenz der Geschäftsleitung, um mal einen Begriff aus ihrem Wortschatz zu verwenden, sehr geehrter Herr Behring, die fehlende Bereitschaft, mit uns in einen *echten* Dialog zu treten, vom Unwillen uns zu beteiligen will ich noch gar nicht reden, lässt uns keine andere Wahl: eine Aufgabe oder Veräußerung der Kosmetiksparte ist mit uns nicht zu machen. Eher geht die Firma, gehen wir alle als Ganzes unter – gemeinsam, stolz, solidarisch!"

Und das Rednerpult verlassend, sich vor den Reihen aufbauend, den Körper straffend und streckend, die rechte Faust ballend, rufend, mit sich überschlagender Stimme: „Ich glaube an euch, an euer Potenzial, an unsere Werte, für die wir alle stehen, an eure und unsere Zukunft, an die Zukunft meiner – unserer – geliebten – Hermann – Waldschmidt – GmbH – ..."

Maurer hat Mühe, den Satz zu beenden, der frenetische Jubel und die lauten „Bravo"-Zwischenrufe zwingen ihn zu einer stimmlichen Kraftanstrengung.

„... und – Co. – KG – auf Aktien! Glück auf!"

Der tosende und nicht enden wollende Applaus bestätigt Maurer: sein sechzehnter Sieg in Serie über einen CEO dieses Unternehmens ist ein guter Tag für die Hermann Waldschmidt GmbH & Ko. KGaA. Und auch für Fritz Maurer, auch wenn er darauf, wie immer, keinen Wert legt.

Hallstetter kriegt die Krise

Norbert Hallstetter fackelt nicht lange. Wenn es Probleme gibt, geht er sie an – ´straight forward` lautet sein Credo, aber bitte ohne falsche Sentimentalitäten. Das Unternehmen, für das er als Sprecher des Vorstands tätig ist, die Microprocess AG, verlangt nicht mehr und nicht weniger als seinen vollen Einsatz.

Der langjährige Investor hat das Unternehmen vor kurzem an die Börse gebracht, um nötige Investitionen zu finanzieren, aber auch, um Kasse zu machen. Und nun schleudert der volatile neue Markt den Aktienkurs nur so hin- und her, und Hallstetter musste bitter lernen, dass es einen Unterschied macht, ob ein Unternehmen, vielbeachtet und gehypt zudem, langfristig mit der Geduld der Investoren kalkulieren kann oder sich an die Ungeduld eines unwissenden, jedem Medientheater hinterher rennenden Streubesitzes anpassen muss. Der Gang an die Börse hat dem Begriff Volatilität jedenfalls neue Bedeutung verliehen, und auch der Definition von Stress, also dem von Hallstetter. Der Kurs der Microprocess-Aktie ist derzeit fast fünfzig Prozent unter dem Ausgabekurs, eine kurz vor Börsengang getätigte Fehlinvestition in ein amerikanisches Softwarehaus hat einen Rattenschwanz von Rechtsstreitigkeiten nach sich gezogen (schuld war ein kleiner, aber in der medialen Auswirkung katastrophaler Verstoß gegen gesetzliche Datenschutzbestimmungen). Der Aufsichtsrat und die Aktionäre scheinen jedenfalls momentan nicht viel vom Management zu halten – auch nicht von Hallstetter. Wie kommt man aus diesem Schlamassel bloß wieder raus? Das fragt sich Hallstetter in den ungezählten schlaflosen Nächten. Man kann jedenfalls sagen: die Microprocess AG steckt in einer veritablen Krise.

Angespannt, wenn auch nach Einschätzung Hallstetters noch nicht in der Krise, ist zurzeit ebenfalls sein Familienleben. Mit der Umwandlung in eine börsennotierte Aktiengesellschaft hat das Leben außerhalb des Jobs doch arg gelitten. Seine Frau Karin sieht er meist nur noch nach 23 Uhr, falls sie noch wach ist, manchmal auch erst beim Frühstück. Gemeinsame Wochenendaktivitäten sind nunmehr auf ein Minimum geschrumpft – zu viele Termine, Vorbereitungen, Nachbereitungen, alles, was unter der Woche liegen geblieben ist oder für die nächste Woche vorbereitet werden muss. Und Besprechungen mit den anderen stressgeplagten Kollegen gehen halt nur am Wochenende, wenn alle mal etwas Zeit haben, glücklicherweise zunehmend auch über Telefon- oder Videokonferenzen. Seine Gattin hat zu seiner Erleichterung dann auch recht schnell bemerkt, dass beispielsweise ein Bootsausflug wenig Sinn macht, wenn der Gatte nur starr auf das Wasser schaut und lediglich körperlich anwesend ist. Sie fragt erst gar nicht mehr, das ist angenehm, dann braucht er auch kein schlechtes Gewissen mehr zu haben. Die Geschichten und Probleme seiner Kinder kennt er nur noch vom Hörensagen seiner Frau. Denn entweder muss er morgens vor allen anderen wieder aus dem Haus, oder seine Kinder sind von der üblichen morgendlichen Maulfaulheit geplagt. Seit wann dürfen sie schon beim Frühstück ihr Smartphone benutzen? Hat er jedenfalls nicht erlaubt. Aber er hat hier eh nicht mehr viel zu sagen, ihm ist die Aura natürlich-väterlicher Autorität wegen permanenter Abwesenheit wohl unbemerkt abhandengekommen.

Ausgerechnet jetzt hat die Zeitschrift ´Managers & more` für ein Interview bei ihm angeklopft. Er ahnt, weshalb er von Interesse ist. Das Blatt will das Unternehmen, will ihn herunterschreiben. Only bad news is good news. Geben sich seriös und sind doch keinen Deut besser als die Klatschblätter der Regenbogenpresse. Aber er beschließt, das Beste daraus zu machen. Er wird ihnen ihr Interview geben, aber gleichzeitig eine Message vermitteln. Eine Geschichte von beruflichem und *privatem* Erfolg. Dazu bittet er in sein trautes Heim, in den Kreis seiner Lieben.

Denn Hallstetter weiß, wie wichtig ein intaktes Familienleben für die Öffentlichkeit ist. Dies anerkennend hat er seit der Terminvereinbarung mit dem Magazin peinlich genau darauf geachtet, die wenigen Freizeitaktivitäten mit seinen Liebsten imagefördernd auszuwählen. Sohn zum Sport begleiten, Konzert- und Theaterabende, Charity-Events, auch die kleine finanzielle Unterstützung der Lokalpresse kann da nicht von Nachteil sein. Seine Karin lächelt er bei alledem immer sehr glücklich an, er übt das sogar vor dem Spiegel, hat darüber verschiedene Arten des Grinsens und Lächelns bei sich entdeckt, welche er auch zukünftig erfolgreich im Job einsetzen wird. Kongruenz zwischen Beruflichem und Privatem halt. Wenn er mit seinem Sohn unterwegs ist, konzentriert er sich eher auf herzhaftes, spontan wirkendes Lachen, das passt besser zu Kindern und zeigt seine ursprüngliche, herzliche, aber auch wilde Natur. Jedenfalls müsste es schon mit dem Teufel zugehen, sollten all diese Bemühungen nicht die beabsichtigte mediale Wirkung entfalten.

So ist denn auch der geschäftliche Teil des Interviews schnell abgehakt, ein bisschen Drama hier (vor seiner Zeit und aktuell), ein bisschen Weltrettung da (durch ihn). Im Übrigen gilt es zu konstatieren: „Meine Familie gibt mir die nötige Kraft, hier kann ich auftanken. Wir unternehmen viel am Wochenende, alles gemeinsam. Sie haben viel Verständnis für mich und die Belastungen, die der Job mit sich bringt. Wir reden auch viel, doch, das geht, ich nehme mir halt die Zeit, da muss auch mal der Job hintanstehen, der moderne Manager kann es sich nicht mehr leisten ..., und überhaupt, das erwarten die Kolleginnen und Kollegen doch auch ..."

„So, so, wusste gar nicht, dass wir ein solch glückliches Familienleben führen. Und so viel gemeinsam machen, und dass wir dir Kraft geben. Schön zu hören, noch schöner wäre es aber gewesen, du hättest mir und den Kindern das in den letzten zwei Jahren auch mal persönlich gesagt. Ich frage mich allerdings, wann wir dir diese Kraft geben sollen. Wohl zwischen

Mitternacht und sechs Uhr früh. Ich jedenfalls kriege keine Kraft von dir, nicht mehr.", entgegnet Karin Hallstetter zielsicher und auf den Punkt. „Nur damit du es weißt: zukünftig mache ich bei deinem ´glückliche-Familie-Getue` nicht mehr mit." Die Tür zum Schlafzimmer schlägt noch lauter zu als die Nächte zuvor.

Hallstetter schafft es in der Folgezeit tatsächlich, das Unternehmen aus dem Gröbsten heraus zu holen. Die drohenden prozessualen Auseinandersetzungen kann er durch Vergleiche beenden, die Quartalsbilanz wird deshalb zwar verhagelt, aber lieber ein Ende mit Schrecken als ein Schrecken ohne Ende. Der Aktienkurs steigt wieder annähernd auf Ausgabekurs-Niveau und mit dem Rückenwind der konjunkturellen Belebung steigen Umsatz und Ertrag um fast zwanzig Prozent. Die Krise der Microprocess AG scheint überwunden! Dank Hallstetter!

Der Erfolg hat seinen Preis, seine Familie hat er zuletzt noch weniger gesehen, sofern das überhaupt noch geht. Irgendwann reicht es Karin Hallstetter, sie zieht aus, samt der Kinder. Wenige Wochen später verkündet sie, in Kürze die Scheidung einzureichen. Das Thema lässt sich leider auch nicht vor der Öffentlichkeit verbergen, was Hallstetter richtig übel zusetzt. Wie steht er jetzt da? Was sollen die Leute, die Kollegen, die Presse denken?

Gott sei Dank hat die ´Managers & more` wieder angefragt, Norbert Hallstetter freut sich, seiner eigenen Legendenbildung wieder etwas auf die Sprünge helfen zu können, quasi als Trostpflaster und Stimmungsaufheller, indem er die jüngsten sensationellen Geschäftserfolge mal der immer noch sprachlosen und staunenden Öffentlichkeit erklärt. Diesmal soll das Business durchaus im Mittelpunkt des Interviews stehen – im Gegensatz zum letzten Mal, da hatte er andere Prioritäten. Hallstetter hat geliefert, und das wird er dieser Untergangsjournaille aber mal so richtig aufs Brot schmieren.

„Sorry Herr Hallstetter, wenn ich da gleich mal einhaken darf.", hört der verdutzte Hallstetter die Redakteurin zwischenfunken. „Ihre Business-Turnaround-Geschichte in allen Ehren, aber die ist doch allen hinlänglich bekannt, ist doch kalter Kaffee. Unsere Leser wollen das Drama, das Scheitern, den Untergang. Only bad news is good news. Also kürze ich das hier mal ab und komme gleich zum wesentlichen: Wann haben sie eigentlich das erste Mal gemerkt, dass sie mit ihrer Ehe ziemlich dick in der Krise stecken?"

Das Glück des anderen

„Wie geht es ihnen?"

Raufhold bevorzugt in der Regel die unverbindliche Gesprächseröffnung, wohl wissend, dass ihn sein beiläufiger Tonfall verrät als einen am Gegenüber eigentlich Desinteressierten, der das Gespräch eigentlich nur zum eitlen Spiegeln seines Egos sucht.

„Danke, kann nicht klagen.", antwortet Rubensack, genauso desinteressiert an einer lebhaften und ernst gemeinten Konversation. Zumindest nicht mit Raufhold, seinem ehemaligen, ihm unsympathischen, weil angeberischen Kollegen.

„Seit meinem Rückzug ins Private geht es mir besser denn je, man ahnt ja während seiner aktiven Zeit gar nicht, was einem entgeht."

„Als da wären?"

„Na, lange schlafen, sich für alles Zeit nehmen, die Kleinigkeiten, über die man früher gedankenlos hinweggefegt ist, Dinge mal an sich heranlassen, viel in sich hereinhören, häufig in der Natur sein, Sport …"

„Schon klar, bei mir sieht es da etwas anders aus, seitdem ich die Geschäftsleitung des Retailsegments übernommen habe. Nur noch Termine, Raufhold hier, Raufhold da, sie können sich nicht vorstellen, was da alles im Argen lag. Musste den Saustall erst mal ausmisten, ein paar Leute bei ihrem Streben nach freizeitorientierter Schonhaltung unterstützen, hähä, knallhartes Kennziffernsystem einführen, Zielvereinbarungen machen, echte Ziele, nicht so ein Larifarikram, und – ganz wichtig – regelmäßiges Tracken. Den Leuten auf den Sack gehen, ihnen keine Wohlfühlecke lassen, sie jagen, wenn nötig. Die Menschen sind von Natur aus so faul wie möglich und nur so fleißig wie nötig. Aber nicht mit mir, ich gebe Gas, und wer nicht mitzieht, der kann sich etwas anderes suchen. Mein Chef hat mir nach sechs Monaten gleich mal das Gehalt um zwanzig Prozent erhöht, da muss ich so einiges richtig gemacht haben! Und der Gehaltssprung war ohnehin schon beachtlich, aber der Maserati will schließlich bezahlt werden, auch der gebrauchte, hähä."

„Geht es Ihnen gut dabei?"

„Ob es mir gut geht?" Entsetztes Erstaunen. „Die Frage stellt sich nicht."

„Warum nicht?"

„Weil es nicht um mich geht! Oder meinen sie, mein Chef fragt besorgt nach, wie es mir geht? Nix da, Leistung ist angesagt. Machen wir uns nichts vor: jeder ist ersetzbar, selbst ich. Wenn ich keinen Erfolg habe, bin ich weg vom Fenster. Aber ich habe Erfolg und werde noch mehr davon haben. Da können sie sicher sein. Und dann kommen sie alle angekrochen, noch mehr als zuvor. Aber der Stress bleibt nicht in den Kleidern hängen, Privates ist schwierig, meine Kids, alles nicht einfach. Meine Frau hat schon gedroht, sie würde sich scheiden lassen. Pustekuchen, wir haben Gütertrennung. Das wird sie sich schön überlegen, hähä."

„Aber ihnen geht es gut dabei? Sie haben den Job ja freiwillig angenommen, hätten schließlich auch ´nein` sagen können."

Verwirrter Gesichtsausdruck.

„´Nein` sagen, sie sind gut! Sagen sie mir lieber, wie es ihnen so geht."

„Wie gesagt, ich mache ´carpe diem`, versuche viel Sport draußen zu machen, gehe häufig in die Stadt, lass mich anregen …"

„Und sie vermissen nichts? Die Challenge, das Gefühl, eine besondere Hürde genommen zu haben, sich zu fordern, herauszufordern, und dann als Sieger vom Platz zu gehen? Reibung zu erleben, dabei seine Kräfte zu messen?"

„Nein, offen gestanden nicht, bin doch eh nicht so der Erfolgstyp, fühlte mich eigentlich am wohlsten, als ich die Abteilungsleiterstelle in der Kreditabteilung hatte, das Direktorending war nie meins."

„Dafür haben sie es aber ziemlich lange ausgehalten, immerhin fast fünf Jahre, oder?"

„Ja, aber richtig gut ging es mir nie dabei. Deshalb freue ich mich umso mehr, dass das jetzt alles vorbei ist."

Raufhold und Rubensack verabschieden sich. „Man sieht sich", schon klar.

Auf dem Weg zurück in sein Büro denkt sich Raufhold: ´So ein Loser, heuchelt, er sei glücklich. Und nun spielt er jeden Tag an seinen Zehen und redet sich ein, das sei Kontemplation, Muße und stilles Glück. Was bin ich doch für ein Glückspilz, verglichen mit Rubensack.`

Rubensack ist mittlerweile wieder zuhause angelangt, öffnet die Flügeltür zur Terrasse weit, atmet tief
durch, schaut in den Garten, auf den Schwimmteich,
in dem er noch heute ein paar Runden drehen wird.
Aber vorher genehmigt er sich noch – zur Feier des
Tages – einen Campari Orange auf der Terrasse, nein,
vielleicht besser beim Freisitz im Garten. Da hat er einen noch besseren Blick, sieht nicht nur sein Anwe-
sen, sondern zur Rechten auch die Wiese und dahinter die Voralpenlandschaft. Herrlich, vor allem, wenn
er bedenkt, wie sich, just in diesem Moment, Raufhold abrackern und sich noch einreden muss, das
wäre alles gut so. Aber *freiwillig* ist dieses Leben im
Hamsterrad sicher der pure Genuss. Das macht wohl
den Unterschied, man muss nur der Urheber seines
Unglücks sein, dann ist alles bestens.

Wenn Rubensack es recht bedenkt, es ging ihm seit
seinem Rückzug in sein Leben als Privatier noch nie
so gut wie heute, hier und jetzt, zu dieser Stunde, in
dieser Minute, angesichts des schlimmen Schicksals
von Kollege Raufhold.

Hitzefrei

Herbert Stuckrade sitzt so da und starrt auf seinen Bildschirm, lässig im Drehstuhl, mehr liegend als sitzend. Er geht seine Präsentation noch einmal gedanklich durch, hat noch zehn Minuten, aber das reicht völlig für eine Auffrischung dessen, was er eh schon sicher beherrscht. Er schaut auf die Uhr, in sieben Minuten wird seine Assistentin den Kopf durch die Tür schieben und ihn ermahnen, jetzt hinauf in den Konferenzraum zu gehen, wo der Vorstand bereits seit den frühen Morgenstunden tagt. Stuckrade besitzt die Fähigkeit, Situationen zu antizipieren, sieht sie regelrecht vor seinem Auge, klar und ohne Verzerrung. Er führt das auf seine unglaubliche Fähigkeit zurück, Dinge um sich herum auszublenden, fokussiert zu bleiben, sich durch nichts und niemanden aus der Konzentration bringen lassen.

Er streckt Arme und Beine in seinem Bürostuhl, erhebt sich, öffnet das Fenster, atmet tief ein, um die warme, nein mittlerweile heiße Sommerluft zu spüren. Ein Fehler! Heute soll es 40 Grad werden, bereits jetzt, um 11.24 Uhr, ist es weit über dreißig Grad, schätzt er. Er will die Ruhe genießen, doch die Vögel da draußen lassen ihm keine Chance, sie zwitschern, nein, sie brüllen wie am Spieß. Ein permanentes Stakkato der Sperlinge, Drosseln, Amseln, Elstern und was noch alles. Das erinnert ihn an letzten Sonntag, als er mit seiner Freundin ein Klassik-Open-Air-Konzert genießen wollte, Kammermusik im Garten des Palais Friesenbach. Sie waren auch da, nur von Genießen konnte keine Rede sein. Aus sicherer Entfernung in den Baumkronen, aber dennoch nah genug an Musikern und Zuhörern, ballerten diese Viecher wie aus vollen Rohren, man war nicht in der Lage, sich der Musik mit Muße zu widmen. Regelrecht erleichtert war er, als der tosende Beifall die Vögel verstummen ließ, oder sie übertönte, da war er sich nicht sicher.

Er mag den Sommer nicht, denkt er so bei sich, derart weit wagt er sich mittlerweile aus dem Fenster. Er ist sich bewusst, dass er mit dieser Meinung nicht politisch korrekt tickt und sich gegen den Mainstream stellt. Aber dieser ständige Freizeitlärm, der zu allen anderen Jahreszeiten einfach drinnen und schallgedämpft stattfindet, wie auf Knopfdruck ist er da. Und ist einfach zu viel. Getarnt im Gewand der Fröhlichkeit und Heiterkeit, aber in einer hysterischen und aggressiven Dosis, die nun wirklich niemanden heiter stimmen kann. Man muss sich doch nur die Freibäder anschauen und wie die Leute sich dort regelmäßig hitzegeplagt an die Gurgel gehen. Auf einem zum Zwecke des Vergnügens errichteten Freizeitareal. Wie entspannt die Leute dagegen beim Skifahren sind.

Der Lärm der Gartengeräte, der Motorräder, der Bluetooth-Lautsprecher, der Hobbyflieger und – neuerdings und bevorzugt sonntags – der Drohnen. Die ständige Schlafvereitelung durch Gartenpartys. „Es könnte heute etwas laut werden, wenn es stört, bitte kurz klingeln". Es *könnte* laut werden? Es *wird* laut!!! Diese scheinheiligen Pseudo-Vorab-Entschuldigungen, im Konjunktiv vorgetragen, niemals wirklich ernst gemeint.

Stuckrade merkt, wie er sich da langsam in etwas hineinzusteigern droht. Eigentlich wollte er doch noch mal gedanklich die Präsentation durchgehen. Aber was will man machen, bei dieser Affenhitze. Zu jeder anderen Jahreszeit kann sich der über eine halbwegs passable Unterkunft verfügende Europäer rüsten, durch heizen, lüften, angemessen kleiden und trinken und sein Leben ganz normal leben - wetterunbeeinflusst. Im Sommer kommt man damit an seine Grenzen. Die Hitze zwängt einen in ein Korsett, bestimmt den Tagesrhythmus, lässt einen schwer atmen, sich am Boden fühlen und beraubt einen seiner körperlichen und geistigen Kräfte. Man befindet sich mehr oder weniger in einem Überlebenskampf. Als Kind fand Stuckrade das cool, ein Abenteuer, heute ist es nur noch ein nerviger Krampf. Neuerdings kommt noch die Sorge um die Flora und Fauna hinzu. Der Klimawandel ist für uns kein Problem im Herbst, Frühjahr oder Winter (außer für die Skifahrer vielleicht). Aber im Sommer, da wird einem das ganze Ausmaß menschlicher Vernichtung vorgeführt. Das Klima tut uns nicht den Gefallen, im Frühjahr von 21 auf 24 Grad zu klettern, nein, es bevorzugt heimtückisch den Sommer, um die Pein auf die Spitze zu treiben. Alles wäre gut, würde es nur im Herbst oder Frühjahr wärmer. „Welch ein Glücksfall der Klimawandel doch ist.", würden alle nur jubeln. Aber der

Sommer, der zahlt es uns heim, statt dreiunddreißig in der Spitze haben wir jetzt vierzig Grad. Ätsch, vielleicht kriegt ihr jetzt mal eure Hintern hoch, will er uns sagen. Die Unfähigkeit der Politiker tritt so am deutlichsten zutage: Die einen Klimawandelleugner, die schlimmeren unter ihnen tragen sogar zum Raubbau durch immer neue ausbeuterische Gesetze bei, die anderen unfähig und tatenlos, die dritten Sozialtopfverteiler zur Kompensation der Ungerechtigkeiten, die durch den Klimawandel offenkundig werden.

Das Gemeine, empört sich Herbert Stuckrade innerlich: solch ein Sommerhoch fängt meist harmlos an. Geringe Luftfeuchtigkeit, Temperaturen von fünfundzwanzig Grad, nicht mehr, das Ganze von einem blauen, wolkenarmen Himmel. Und dann kann man die Uhr danach stellen, dass dies nur der Beginn der Verarschung ist. Mit jedem Tag klettert das Thermometer und fällt das Barometer. Es kann nicht einfach mal eine Woche konstant bleiben, nein, in diesen Breitengraden machen wir keine halben Sachen, nicht im Sommer. Am Ende dieser sogenannten ´Schönwetterperiode` haben wir dann eine feuchte Hitze, dagegen fühlt man sich in der Dampfsauna luftgetrocknet. Und es weht kein Wind, in der Karibik hat man wenigstens das. Und die Hitze bleibt, geht einfach nicht weg, und wenn, dann mit zerstörerischen Gewittern, man kann dann auch nicht lüften, läuft man doch Gefahr, dass einem Dach und Haus um die Ohren fliegen. Die freundlichen Wetterfrösche im Fernsehen preisen das dann noch marktschreierisch und meistbietend an, ihre Mundwinkel verziehen sich nach oben und man kann ihre Freude förmlich sehen, wie sie einen Rekord nach dem nächsten für das Ende der Woche vorhersagen und dabei beste Laune versprühen.

Stuckrade hat auch noch nie verstanden, warum es zivilisierte Menschen im 21. Jahrhundert erstrebenswert finden, nackt oder halbnackt durch die Gegend zu rennen. Was hat das mit Freiheit zu tun, wenn ich gleichzeitig zwei Zentimeter Lichtschutzfaktor 50+ auf die Haut schmiere bzw. mir dann halbnackt in den schattigen Zufluchtsräumen eine Erkältung hole.

Und das Schlimmste, nein, das Allerschlimmste: Die meisten Leute finden diese Pein auch noch herrlich, sie lieben sie regelrecht. Die wenigen Andersdenkenden sind Außenseiter. Die Sommerenthusiasten sprechen von „schönem Wetter", einem „Bilderbuchsommer". Ein Sommer, der keine Hitzerekorde bricht, ist kein richtiger Sommer. „In zwei Monaten werden wir uns noch zurücksehnen nach diesen Temperaturen.", lautet dann einer der preisgekrönten Sprüche. Und wenn dann der Herbst kommt, werden die Leiden verklärt, sind sie vergessen, die aufgeheizten Dachgeschoße, die aufgeplatzten Straßenbeläge, die Sonnenbrände, die ausgefallenen Klimaanlagen in den Zügen, der miserable Schlaf, Nacht für Nacht. Die Insekten und ihre Geringschätzung der menschlichen Kreatur, die völlig überhitzten Autos, Wintergärten und Baumärkte, der viele Schweiß, der nicht nur bei der kleinsten Bewegung rinnt, sondern auch noch hinterhältig fünf Minuten nach einer kalten Dusche.

Stuckrade merkt, wie sich seine Wut auf diese Ignoranten und Klimaamnestiker kaum noch bändigen lässt. Wie auch, schließlich ist der Sommer das medizinische Kontrastmittel der Menschheit, welches zur unbestreitbaren Diagnose führt, dass es mit ihrem Verstand nicht allzu gut bestellt sein kann. Aber wozu Verstand, der Sommer ist ja eine emotionale Sache, eine Herzensangelegenheit. Und wehe, man macht nicht mit bei der kollektiven Hitzebegeisterung. Man fühlt sich im Verweigerungsfalle wie ein westfälischer, stocknüchterner Karnevalsmuffel inmitten besoffen-schunkelnder rheinischer Jecken.

Die Sonne lacht einen schon um halb fünf Uhr morgens an (Welcher Idiot will eigentlich wieder die ganzjährige Winterzeit? Dann wird es doch schon um halb vier Uhr hell!), nein, sie schafft es, einen zur gleichen Zeit auszulachen und dabei noch hämisch zu grinsen.

Herbert Stuckrade muss sich nun aber wirklich auf seine Präsentation konzentrieren. Zwar hat er, dieser zu anderen, sprich zivileren Zeiten so bewundernswerte Ausbund an Selbstdisziplin und Beherrschung, die Hoffnung längst aufgegeben, sich nochmals ernsthaft inhaltlich mit seinem Vortrag zu beschäftigen. Stattdessen senkt er seine Ambition: wieder runterfahren, runterkühlen, im wahrsten Sinne des Wortes. Wie soll er sonst gleich vor das erlauchte Gremium treten!

„Sommer", denkt Stuckrade erneut, während er die Hitze von seinem Bauch zu seinen Haarspitzen aufsteigen spürt und ein weiteres Mal sein Versuch der Beherrschung zu scheitern droht, „du und deine Spießgesellen der Spezies Homo sapiens, ihr seid Faschisten im Gewand eines Verführers, eines Verführers zu oberflächlicher Leichtigkeit! Du Verhinderer von Tiefgang! Du weißt, dass tiefe Gedanken keine Chance haben, weder ist man *fähig* zum intensiven Nachdenken, noch ist man *bereit* dazu. Und machst einen glauben, das würde auf lange Sicht gut gehen. Geht es aber nicht, im Herbst zahlen wir die Zeche, dann sehen wir, was wir alles vernachlässigt haben, an uns, an unserer Umwelt, an unserer Seele."

Seine Gedanken werden jäh unterbrochen. Die in die Jahre gekommene Klimaanlage springt an. Na klar, du kannst keine vier Minuten Sauerstoff reinlassen, schon ist der Raum hoffnungslos überhitzt. Noch nicht mal ein Fenster kann man zu dieser Jahreszeit öffnen, ohne dass man dann die Quittung bekommt. Aber, hey, wir haben Sommer, das Motto heißt: gut drauf sein! Spaßfaschisten aller Länder vereinigt euch!

Er kann nicht aufhören, sich zu ereifern, kommt aus dieser Schleife nicht mehr raus, macht die Sommerhitze immer mehr zu seiner eigenen. Spontan fällt ihm ´Clockwork Orange` von Stanley Kubrick ein, wo die Straftäter dadurch umerzogen werden, dass ihre emotionalen Reiz-Reaktions-Verbindungen umgepolt werden. Was vorher Hass und Aggression auslöste, erzeugt nun Mitgefühl und Sympathie. Vielleicht sollte sich mal irgendjemand daran machen, die emotionale Bewertung des Sommers neu zu programmieren. Also Leute, lasst euch von Herbert Stuckrade schon mal vorab sagen: Der Sommer ist ein so nicht beabsichtigter Betriebsunfall der Schöpfung, ein für alle Mal, ihr solltet lieber den Herbst und das Frühjahr in euer Herz schließen.

Er fühlt sich nun noch miserabler, von allem genervt. Von diesen seinen Erkenntnissen, von seinem plötzlichen Schweißausbruch, von allem hier, von den bekloppten Sommer-Freaks, eigentlich von der Menschheit als Ganzes, zumindest zu dieser Jahreszeit. Er öffnet den obersten Hemdknopf, es geht ihm aber nicht besser. Die Hitze ergreift immer mehr Besitz von ihm. So wird er kaum vor den Vorstand treten können.

Die Tür geht auf. „Ich wollte sie nur erinnern: ihr Termin beim Vorstand. Herr Stuckrade, um Himmels Willen, was ist mit ihnen?"

Herbert Stuckrade fuchtelt hektisch mit ausgestrecktem Arm Richtung Fenster, nunmehr völlig die Beherrschung verlierend:

„Sagen sie den Termin ab! … Da draußen!!! … Es gibt schlimme Neuigkeiten."

Businessheld, 42, männlich

Alles ist gut bei Ludwig „Luggi" Habichler, jedenfalls, was das Berufliche angeht. Nach einer Schlosserlehre in einem kleinen Handwerksbetrieb hatte er irgendwann das Glück (oder die Eingebung), bei der Kremling GmbH anzufangen. Diese Firma besitzt eine Hauptverwaltung und jede Menge Niederlassungen mit einer Belegschaft von insgesamt ca. 1500 Mitarbeiterinnen und Mitarbeitern. Luggi hatte sich dort vor zehn Jahren beworben, als Hausmeister für die Hauptverwaltung, die seinerzeit auch die einzige Niederlassung war. Mit dem Aufschwung der Kremling GmbH und den Firmenaufkäufen in der Provinz wurde Luggi die Aufgabe übertragen, eine unternehmensweite Hausmeisterei aufzubauen, mit Kollegen vor Ort und einer mobilen Eingreiftruppe, gespickt mit Spezialisten. Für einen Installateur ohne Aussicht auf akademische Weihen eine schöne Karriere, immerhin nennt er sich nun ´Head of Facility Management` im Range eines Teamleiters und führt fünf Kollegen direkt, hinzu kommt die Disposition der Fremdfirmen.

Der berufliche Erfolg, die vielen Dienstreisen zumal, haben dem Privaten leider sehr zugesetzt. Seine Ehe ging schon vor Jahren in die Brüche, und sporadische, auf Tanz- oder Kegelabenden angebahnte Beziehungen gingen meist wieder in die Brüche, bevor sie richtig begonnen hatten. Das Ganze geht nun schon seit vier Jahren so, deshalb hat Luggi Habichler gestern einen für ihn radikalen Schluss gefasst: Er wird es nun bei ´Highendpartner24` versuchen.

Dieses Portal bzw. Luggis Selbstzeugnis macht aus dem 48 jährigen Luggi den 42 jährigen Lutz, nimmt mithilfe eines speziellen Bearbeitungsprogramms eine Gesichtsglättung vor, macht aus dem ´Teamleiter Facility Management` einen ´Vice President Facility Management & Warehousing`, später noch ergänzt um einen ´Senior`. Luggi, also Lutz, ist viral sportlicher als analog, für die nicht ganz billigen, bis dato nur ´intentional` betriebenen Sportarten Golf, Segeln und Polo sollte das reichen. Lutz fährt stilecht 911er, sein Kumpel Manfred hat ein zitronengelbes G-Modell, das kann er im Ernstfall zwecks Beweiserbringung sicher ausleihen. Er hat vorsichtshalber eine chronische Schulterverletzung (kein Golfspiel auf absehbare Zeit möglich), und sein Pferd leidet gerade an einer langwierigen Hepatitis (kein Polo). Und zum Segeln ist die Jahreszeit zum Glück nicht die beste.

Derart ausgestattet und abgesichert ist er heute im ´Café Morgenröte` mit der potenziellen Highendpartnerin Barbara verabredet, die ihrerseits nicht ganz so schamlos geflunkert hat wie Luggi, aber dennoch eine beträchtliche Oberflächenvarianz zwischen virtueller und realer Betrachtungsebene aufweist.

Luggi hält es eingangs des Gesprächs und noch vor der Getränkebestellung für dringend erforderlich, erst einmal darauf hinzuweisen, dass er sich das erste Mal dieses Partnerkontaktmediums bediene, das wäre sonst gar nicht seine Welt, hätte er eigentlich auch nicht nötig. Aber er hätte schon länger das Gefühl, seine Frauengeschichten (zahlreich!) trügen deshalb keine nachhaltigen Früchte, weil die allermeisten es wohl doch zumeist auf seine Vermögen oder seinen Status abgesehen hätten und die Damen sich v.a. von seinem Erfolg angezogen fühlten. Und damit er sich sicher sein kann, dass Barbara eine Person ist, die es wirklich ernst meint, die sich vor allem für seine inneren Werte interessiert, legt er gleich nochmal nach:

Als ´Senior Vice President` führe er ein stressiges Leben, da bleibe kaum Zeit für seine Hobbys, weshalb er eigentlich auch gar nichts richtig Spannendes über Golf, Polo und Segeln erzählen könne. Schade eigentlich, er würde das alles über alle Maßen lieben, wenn man ihn fragen würde, auf was er am leichtesten verzichten könne, er wüsste es schlicht nicht. Außerdem würde er seine knapp bemessene Freizeit liebend gerne mit einer Partnerin auf seinem Niveau verbringen. Da bliebe für solch zeitaufwändige Hobbys zukünftig ohnehin kein Platz mehr. Ganz ehrlich: wenn sie, also Barbara, die Richtige wäre, würde er sofort seine Yacht und das Pferd verkaufen, da mache er keine Kompromisse (den 911er würde er aber behalten, allein schon wegen der Farbe). Auch, wenn er sich in Spanien an der Mittelmeerküste niederließe, um den Wohlstand auszukosten und dann nur noch seine Bankgeschäfte online oder per Telefon zu erledigen, selbst dann könnte er das geliebte alte Stück nicht verkaufen.

Luggi redet und redet, beeindrucken heißt die Devise, wenn Barbara erst einmal Feuer fängt, sind die kleinen Schwindeleien in ein paar Monaten schnell ausgeräumt. Schließlich träumt Barbara von einem sportlichen, kultivierten, gutsituierten Businesshelden. Das weiß er aus der Annonce, aus dem Gespräch erfährt er es nicht, denn Barbara redet erstaunlich wenig bis gar nichts, schaut ihn nur an, mit leicht verzücktem Blick, wie er findet, sichtlich beeindruckt von dem, was da seit anderthalb Stunden ohne Unterbrechung auf sie einprasselt. Über Barbara erfährt er leider nicht viel, sie kommt nicht zu Wort, noch nicht, beim nächsten Mal ist sie dran.

Auch die Bescheidenheit beim Abschied findet Luggi sehr bezaubernd, sie zögert, ihm ihre Mobilfunknummer zu geben, rührend, wie sie sich ziert und bitten lässt. Ein eindeutiges Zeichen. Auch auf das Angebot des Wiedersehens ist sie nicht direkt eingegangen, die Frau weiß zu reizen und sich begehrenswert zu machen. ´Wenn sie nein sagt, meint sie ja`, Luggi kennt sich auch in diesen Dingen vortrefflich aus.

Als er nun aber bis zum Ende der Woche trotz diverser eindeutig zweideutiger SMS (diese Methode lässt dem anderen mehr Raum als ein Anruf) keine Antwort von Barbara erhält, wird er doch etwas unsicher. Er hat über Umwege Barbaras Adresse herausbekommen, nach Dienstschluss wird er ihr einen Besuch abstatten. Bestimmt wartet sie nur darauf und fragt sich bereits, warum ihr Businessheld so zögerlich ist.

Luggi parkt in sicherer Entfernung zu Barbaras Wohnung und schaut auf das Jugendstilhaus. In welcher Etage sie wohl wohnt? Er will gerade aussteigen, als er sieht, wie sich die Haustür öffnet und ein älterer, etwas untersetzter Mann mit Halbglatze und einfacher Kleidung mit einer Frau – es ist Barbara - Arm in Arm auf einen Kombi zusteuert mit der Aufschrift: „Bauunternehmung Rüdighart – wir bauen Häuser, keine Luftschlösser!"

Umparken im Kopf

Dr. Albert Kronzeiger schaut aus dem Fenster seines Büros, direkt auf den Geschäftsleitungsparkplatz, bestehend aus drei Parknischen auf dem kleinen gepflasterten Hof auf der Rückseite des provisorischen Verwaltungsgebäudes. Da ist erst die vordere Markierung, dem Vorstandsvorsitzenden Norbert Markwart vorbehalten, dann seine, also die des Finanz- und Verwaltungschefs, der in dieser Eigenschaft auch für die Parkplatzvergabe zuständig ist, und schließlich die Parkbucht von Friedbert Markwart, dem jüngeren Bruder des Vorstandschefs (Spitzname ´Little Brother`), Personalchef seines Zeichens und, wie bösen Zungen (nicht seine!) behaupten, nur von ´Big Brothers` Gnaden in Amt und Würden.

Erst jetzt fällt Kronzeiger auf, dass der Parkplatz von Big Brother, der sich seit einer Woche im Urlaub befindet, belegt ist, aber logischerweise nicht von Big Brother. Nein, Little Brother himself hat auf dem Parkplatz seines Bruders und Chefs geparkt. Mit seinem großkotzigen, dazu neuerdings noch verbeulten SUV (Der Schaden war Kronzeiger bislang gar nicht aufgefallen. Hat Little Brother den beim Flottenmanagement, also bei Kronzeiger, überhaupt gemeldet?).

Kronzeiger bleibt ruhig, fragt sich, rein aus Neugier, was jemanden wie Friedbert Markwart dazu bringt, sich auf den Parkplatz des Chefs zu stellen.

Wichtigtuerei, Bequemlichkeit (eigentlich ist Little Brothers Parknische viel praktischer in Bezug auf den Ein- und Aussteigekomfort)? Würde er das auch machen, wenn sein Chef nicht auch sein Bruder wäre? Egal, vielleicht gibt es andere, nachvollziehbare Gründe. Er beschließt, der Geschichte für den heutigen Tag mit der ihm eigenen uneitlen Toleranz zu begegnen.

Als sich das Schauspiel am nächsten Tag wiederholt, spürt Kronzeiger, wie es allmählich in ihm hochsteigt. Er hätte sich fast gefragt, was sich dieser großkotzige Fatzke eigentlich einbildet, von Kaisers Gnaden im Unternehmen und dann einen auf dicke Hose machen. Wenn einem der Parkplatz des Vorstandsvorsitzenden in dessen Abwesenheit zustünde, dann doch wohl ihm, Dr. Albert Kronzeiger, schließlich ist er doch so etwas wie die inoffizielle Nummer zwei, die Zeichen, die ihm der Vorstandchef diesbezüglich regelmäßig aussendet, sind jedenfalls eindeutig.

Aber nur fast, fast hätte er sich das gefragt. Er hat es nicht nötig, sich an solch kleinkarierten Eitelkeitsspielchen zu beteiligen, den Blockwart und Siedlungskontrolletti raushängen zu lassen. Auch wenn er es von Amts wegen könnte.

Wobei, interessant wäre es schon zu wissen, was Little Brother dazu bringt, derart dreist und wiederholt die offizielle und inoffizielle Hierarchie mit Füßen zu treten. Der Tag wird abgeschlossen mit dem Gefühl, dass dies doch ein eindeutiges Zeichen der sozial-sensitiven Unterlegenheit Friedbert Markwarts ihm gegenüber sei, schließlich scheine Friedbert

Markwart sich keine Gedanken über die Wirkung zu machen, im Gegensatz zu Kronzeiger. Oder vielleicht doch? Vielleicht gerade, womöglich will er provozieren, ist sich der Wirkung bewusst, instrumentalisiert sie sogar. Zur Sicherheit lässt er seinen Assistenten beim Sekretariat von Friedbert Markwart ausrichten, als „promovierter Hausmeister" (ein Bonmot, das er gern kokett bei jeder sich bietenden Gelegenheit anbringt. Der Assistent soll es exakt so sagen, Humor lockert die Spannung.) sei er schließlich für die Vorbildfunktion des Top-Managements auch bei Kleinigkeiten verantwortlich, und das fange nun mal damit an, sich nicht bei der ersten sich bietenden Gelegenheit Extrawürste zu genehmigen (er hofft, dass der Assistent diesen Teil des Satzes wiederum diplomatischer formulieren wird).

Weil sich Little Brother trotz des mutmaßlichen Wirkungstreffers am folgenden Tag offenbar immer noch uneinsichtig zeigt, greift Kronzeiger zu einer List. Er wird am nächsten Morgen eine Stunde früher ins Büro fahren, wird vor und statt Friedbert Markwart die Parknische von Big Brother Norbert Markwart belegen. Sollte er von Little Brother darauf angesprochen werden, würde er behaupten, sein Parkplatz würde gereinigt werden (was er in diesem Notfall kurzfristig beauftragen würde zur Untermauerung seiner Glaubwürdigkeit). Dann hätte sich Friedbert Markwart enttarnt als Kleingeist (aber er wird es vermutlich ohnehin nicht wagen).

Der nächste Morgen startet mit einer Riesenenttäuschung. Trotz des Opfers einer vor Aufregung und

Vorfreude sehr unruhigen und viel zu kurzen Nacht entpuppen sich alle Bemühungen als umsonst, Friedbert Markwart fängt wohl noch früher an als vermutet, sein Wagen steht schon dick und fett auf des großen Bruders Parkplatz. Oder hat er es geahnt? Kronzeiger fühlt Hitze aufsteigen, leichte Ohnmachtsgefühle gar, gepaart mit einer übersteigert-erregten Aktivierung. Hat er es mit einem Gegner zu tun, der ihm mental, in seiner ganzen Willenskraft, Disziplin und Durchsetzungsfähigkeit überlegen ist? Der sich nimmt, was er haben will, dafür jede Extrameile geht, koste es, was es wolle und so oft wie nötig, zur Not hundertmal?

Aber Kronzeiger ist noch nicht am Ende, noch lange nicht, nicht Dr. Albert Kronzeiger. Er stürzt in sein Büro, es ist Freitagmorgen, nächste Woche, so die Auskunft seines Assistenten, ist Norbert Markwart immer noch in Urlaub, das gibt ihm Gelegenheit, den Kampf weiterzuführen. Er öffnet sein Powerpoint und entwirft im Querformat ein Plakat. Darauf steht in Schriftgröße 40: „Big Brother is watching you!" Dieses Blatt druckt er in DIN A3 dreimal aus, eins für jede der drei Parknischen. Zur Sicherheit auch für seinen Parkplatz, damit sich der Verdacht nicht auf ihn lenkt. Heute Abend, bei Dunkelheit, wird er alles anbringen. Und am Montag wird Little Brother Augen machen. Big Brother weilt im Urlaub, und er selbst, Kronzeiger, auch. Eigentlich schade, die blöde Visage von Little Brother nicht zu sehen, aber vielleicht auch ganz gut, aus der Schusslinie zu sein. So wird die Täterschaft uneindeutiger, er läuft weniger Gefahr, sich durch Konfrontation mit dem Gegner zu verraten. Denn er will mit der Ratlosigkeit, den vagen Vermutungen und Verdächtigungen seines Gegenübers spielen, soll der sich doch seinen Reim darauf machen, er wird keinen konkreten Anhaltspunkt finden. Und allzu offensiv wird er wohl auch nicht vorpreschen, denn das würde Friedbert Markwart als kleinmütigen, kindischen Querkopf entlarven, der sich nur über Dienstparkplätze zu definieren weiß.

Noch ganz aus dem Häuschen und sich selbst beglückwünschend für diesen humoristisch-spitzfindigen Einfall, kann er die Vorfreude auf nächsten Montag kaum unterdrücken. Nur für einen kurzen Moment fragt er sich, ob das Ganze nicht etwas kindisch sei und ob die gelegte Spur nicht allzu eindeutig zu ihm als Täter führe. Er beruhigt sich damit, dass er allzu detektivische und spurensichernde Maßnahmen nicht zu befürchten habe, denn wir reden hier schließlich nicht von einer Straftat. Und auch dunkle Gedanken an mögliche arbeitsrechtliche Konsequenzen wischt er beiseite. Soll dieser eitle, undankbare Schnösel doch zeigen, dass er Humor hat, dass er Spaß versteht, verlieren kann und das lässig hinnimmt. Käme er am Montag zu Kronzeiger und würde mit ihm, quasi unter Männern, die Sache klären wollen, dann hätte er an Respekt gewonnen, aber nur dann. Reagiert er nicht, ist er ein Feigling, einer, der den Konflikt scheut. Zu dumm, dass dieses Duell nicht wirklich zustande kommen wird, zumindest nicht am Montag, weilt Kronzeiger doch zu diesem

Zeitpunkt bereits mit seiner Familie am Strand von Maspalomas. It takes two to tango!

Kronzeiger und seine Frau betreten am Sonntagabend kurz nach dem Einchecken ihr Hotelzimmer auf Gran Canaria, Meerblick, alle Schikanen. Das werden herrliche zwei Wochen! Mittlerweile schon geübte Praxis des Dienstreiseroutiniers ist der W-Lan-Check. Alles funktioniert, und zur Sicherheit schaut er mal gleich seine Mails durch, Kronzeiger kennt da kein Wochenende und keinen Urlaub, kann er sich nicht leisten in seiner Position. Norbert Markwart hat geschrieben. Mit leicht erhöhtem Puls öffnet Kronzeiger die Mail:

„Werter Herr Dr. Kronzeiger, es tut mir außerordentlich leid, sie im gerade begonnenen Urlaub gleich stören zu müssen." Norbert Markwart ist immer sehr höflich, echt rührend in seiner Position. „Aber der Gesamtbetriebsratsvorsitzende hat mich gestern vertraulich über eine Großdemonstration vor unseren Werktoren informiert, die morgen früh stattfinden wird mit Unterstützung der Gewerkschaft. Ich muss morgen vor Ort sein, auch wenn ich dafür meinen Urlaub unterbreche. Ich will denen Rede und Antwort stehen. Mein Bruder kann mich nicht vertreten, der liegt bekanntlich seit einer Woche im Krankenhaus wg. des Autounfalls vorletzte Woche. Ende offen, sieht nicht gut aus. (Übrigens richten sie ihrem Mitarbeiter, der den Wagen meines Bruders abgeschleppt hat zum Firmenparkplatz, nochmals meinen Dank aus.). Sie hatten doch mit meinem Bruder mal die Sozialplankosten für die bevorstehenden Massenentlassungen kalkuliert, könnten sie mir bis morgen dazu ihre Modellrechnungen zusenden?! Ich will nicht gänzlich unvorbereitet sein. Vielen Dank, sorry nochmals für die Störung und nun schalten sie mal schön ab."

„Was gibt´s denn, was Ernstes mit der Firma?" Kronzeigers Frau ist doch etwas beunruhigt wegen dessen im Sekundentakt changierender Gesichtsfarbe.

„Nein, nein, nichts Dramatisches, Big Brother hat wohl ein Parkplatzproblem."

Kernbeißer macht den Unterschied

Lars Kernbeißer ist Zeit seines Berufslebens gut damit gefahren, einmal aufgestellte Prinzipien nicht ständig in Frage zu stellen, sondern an ihnen festzuhalten und standhaft zu bleiben, auch wenn die hippen Verlockungen modernen Managements durchaus den ein oder anderen Zweifel bei ihm gesät haben, da ist er ganz ehrlich.

Die Kunst besteht letztlich darin, diese Prinzipien so zu formulieren, dass sie irgendwie immer ganz gut passen. Denn ein Fixstern wie „Man muss sich den Gegebenheiten anpassen.", geht irgendwie immer. Und auch Kernbeißers Motto „Man muss sowohl die Kosten als auch die Einnahmen streng im Blick behalten.", reizt in Fachkreisen nur zu moderatem Widerspruch. Vor allem Grundsätze von der Sorte „Es geht nur ums Fressen oder gefressen werden in dem Dschungel da draußen.", zeugen von einer abgeklärten Nüchternheit, mit der man grundsätzlich erfolgreich durchs Leben kommen sollte.

Bei aller Prinzipientreue verfolgt Kernbeißer ein Ziel: er will den Unterschied machen, will einen ´Footprint` hinterlassen, wie er sagt.

Trotz oder wegen solcher Leitsätze hat der Vorstandschef Kernbeißer sein Unternehmen bei seinen jüngsten ´Footprintambitionen` in gewaltige finanzielle Schwierigkeiten gestürzt. Mit den Kosten hatte er es dabei nicht so sehr, hat das Unternehmen jedenfalls

gewaltig verschuldet, vor allem wegen seiner Kauf-
wut bezogen auf Konkurrenzunternehmen.

„Um nicht geschluckt zu werden, müssen wir groß
sein. Nur schiere Größe sichert unser Überleben, die
Liquidität ist erst einmal zweitrangig in diesen Zeiten." Noch so ein Prinzip Kernbeißerschen Manage-
menthandelns.

Laut Meinung von Holger Armbrust, dem Vorsitzenden des Aufsichtsrates, hat Lars es dann doch etwas übertrieben mit seiner Anpassung an die Gegebenheiten und der rigiden Auslegung der ´Fressen vs.
gefressen werden`-Moral. Um der recht eigenwilligen
Interpretation dieser Nahrungsketten-Philosophie
ein Ende zu bereiten, wird „der sich um das Unternehmen verdient gemachte Vorstandschef" jedenfalls
mit einem hochdekorierten Beratervertrag aufs Alten-
teil abgeschoben (75% seiner aktuellen Bezüge für die
nächsten zwei Jahre ohne Gegenleistung garantiert,
bei Inanspruchnahme seiner Beratungsdienste Auf-
stockung auf 100%, wie umfangreich diese auch immer sein mögen). Das Unternehmen würde sich zu
gegebener Zeit melden, wenn sich ein Beratungsbe-
darf aufdränge. Einstweilen gäbe es aber nichts zu
beraten, und der Kollege Kernbeißer solle doch seine
garantierten Honorare ohne Gegenleistung einfach
genießen, es sich gutgehen lassen und sich nicht allzu
sehr grämen wegen der vermutlich dauerhaft fehlenden 25%.

Armbrust, noch neu in der Position des Aufsichts-
ratsvorsitzenden und von außen gekommen, ist aller-

dings nicht im Bilde über die Kernbeißerschen Netz-werke, die bis in den Aufsichtsrat reichen. Dort schätzt man den erfahrenen Topmanager wegen sei-ner Erfahrungen, Erfolge und Führungsprinzipien. Man ist über den Alleingang von Armbrust empört und will stattdessen, gerade jetzt, wo das Unterneh-men in Schieflage ist, vom geschassten Fahrensmann profitieren. Armbrust kann die aufgebrachten Auf-sichtsratsmitglieder nur beruhigen, indem er auf den Beratervertrag mit Kernbeißer verweist.

Dieser wird dann auch bald in Kraft gesetzt, und Kernbeißer vermag mit seiner Prinzipiendreifaltig-keit aus ´Gegebenheitsanpassung, strengem Kosten- und Einnahmenblick, Nahrungskettenmodell` zu punkten.

Wie gut ist es zu hören, dass der Kollege mit all sei-ner Erfahrung das Ruder herumzureißen weiß, indem er vor dem Gremium - ohne große Vorbereitung, quasi ausschließlich dank seines exklusiven Wissens-fundus - aus dem Ärmel schüttelt:

1.   Um nicht gefressen zu werden, bräuchte man eine üppige Kriegskasse (Cash!). Liquidität sei das Wichtigste von allem, die Abhängig von Dritten (Schulden! Igittigitt!) ein Teufelszeug.

2.   Deshalb seien alle zuvor akquirierten Unter-nehmen unbedingt und ohne Ausnahme wieder ab-zustoßen, um Cash zu generieren. Man müsse sich den neuen Gegebenheiten anpassen, und mit derart unverantwortlich viel Ballast ließe sich nur schwer so-lide wirtschaften. Man sei derzeit ein nur schwer zu

navigierender Supertanker, die schiere Größe sei schlicht tödlich und unverantwortlich.

3. Die Kosten müssten von nun an – endlich - mit absoluter Priorität betrachtet werden.

4. Er empfehle dies in vollem Bewusstsein seiner Erfahrungen. Deshalb sei er sich auch hundertprozentig sicher, dass seine Empfehlungen alternativlos seien. Es gelte, keine Zeit zu verlieren!

Nach rascher und strikter Umsetzung dieser Marschroute ist die Firma nur noch halb so groß wie zu Kernbeißers CEO-Zeiten – und nur noch die Hälfte wert. Dank Berater Lars Kernbeißer. Dank seines üppigen und von abgeklärter Professionalität nur so strotzenden Erfahrungsschatzes, nicht in Geld aufzuwiegen ist das!

Und somit hat sich Lars Kernbeißer schließlich doch noch einen würdevollen Abgang bereitet: als Krisenbewältiger zum Wohle der Firma, als derjenige, der den Unterschied macht, einen Footprint hinterlässt.

Bei nunmehr *vollen* Bezügen für zwei Jahre Nichtstun, abzüglich eines zweistündigen Freizeitverzichts.

Überleben in diesen Zeiten

Alles war bis ins kleinste Detail geplant. Nichts sollte dem Zufall überlassen werden. Zu lange schon hatten sich beide Seiten beharkt, misstrauisch beäugt, gedroht, beschimpft, gute Miene zum bösen Spiel gemacht, umschmeichelt, wieder von vorne durchgestartet, erneut gescheitert, beleidigt, enttäuscht, Personen ausgetauscht. Aber jetzt wähnte man sich kurz vor dem Ziel, war man bei neunundneunzig Prozent.

Herbert Eilfried, CEO der Klingbeil GmbH, und Urs Suterlüti, Präsident des Verwaltungsrats der Swiss Steel AG, hatten sich zur feierlichen Vertragsunterzeichnung der Fusion beider Gesellschaften in den Räumlichkeiten der Klingbeil GmbH in Espelkamp verabredet. Genauer gesagt: Eilfried hatte Suterlüti einbestellt, gedroht gar, dass, wenn er an jenem Tage nicht erscheinen würde, er verwendete sogar das Präfix „pünktlich", dann wäre der Deal für ihn ein für alle Mal geplatzt. Zu oft schon hatte er die Volten seines schweizer Gegenüber ertragen müssen, zu unzuverlässig schien ihm dessen Geschäftsgebaren. Eilfried hatte zum Schluss eine Art Fatalismus entwickelt, die Skepsis, dass das zum Abschluss fehlende eine Prozent das entscheidende sein könnte.

„Ich erwarte sie um Punkt 13 Uhr im Raum 203. Wenn sie dieses Mal nicht pünktlich erscheinen, dann war es das." Eilfried hatte die Reaktion Suterlütis vor-

sichtshalber gar nicht mehr abgewartet, sondern unmittelbar nach seiner Ansage aufgelegt. Er hasste Un-
zuverlässigkeit, v.a., wenn sie ihm zum Nachteil ge-
reichte. Und als Kontrollfreak, der nichts dem Zufall
überlassen will, traf er eine weitere Vorsorgemaß-
nahme: er bandelte parallel mit seinem alten Spezi
Murchbart an, einem Finanzinvestor und Fondsma-
nager, welcher seit Jahren Interesse am Kauf sämtlicher Anteile der Klingbeil GmbH zeigte, allerdings
nicht zu einer Verschmelzung unter Gleichen bereit
war. Eilfrieds Lage war ziemlich aussichtslos: Wenn
die Swiss Steel nicht auf die Fusion einging, würde er
verkaufen müssen. Es gab keine weiteren Interessen-
ten für eine Verschmelzung, und außer Murchbart
auch keinen Kaufinteressenten. Die Fusion war das
Beste, was der Klingbeil GmbH und ihren Gesell-
schaftern passieren konnte, der Verkauf an Murchbart das Zweitbeste. Aber so weiterwurschteln, das
würde nicht mehr gehen. Die Fremdfinanzierungs-
möglichkeiten abseits der Banken waren ausgeschöpft, die Kreditlinien auch und die Banken verschnupft. Das Geschäft litt unter Überkapazitäten
und man musste sich ernsthaft fragen, warum Suterlüti überhaupt das Partnermodell favorisierte. Unter
diesen Umständen hätte Eilfried eigentlich vorsichtiger und rücksichtsvoller mit Suterlüti umgehen sollen. Aber je mehr er das Gefühl hatte, Suterlüti würde
die verfahrene Situation Eilfrieds ausnutzen, indem
er ihn als ideales Opfer seiner Launen missbrauchte
und seine Späße mit ihm trieb, desto unprofessionel-
ler und undisziplinierter wurde Eilfried. Zum Schluss

war es ihm nahezu egal, was aus der Sache werden würde, zur Not würde er eben an Murchbart verkaufen. Mehr noch: er hatte Murchbart noch für denselben Tag der avisierten Vertragsunterzeichnung mit der Swiss Steel einen Nachmittagstermin angeboten, entweder würde er Murchbart also kurzfristig absagen oder den Vertrag dann eben mit ihm machen. Überleben in diesen Zeiten erforderte Chuzpe und Schlitzohrigkeit.

Eilfried liebte es, über Alternativen zu verfügen. Dies verlieh ihm das Gefühl von Kontrolle, Macht, die zumindest partielle Beherrschung des eigenen Schicksals. Beide Seiten, Murchbarts und Eilfrieds Teams, hatten bereits Blankoverträge ausgetauscht, alles war mit den Aufsichtsgremien besprochen, und beide Seiten hatten grünes Licht erhalten. Sollte Suterlüti doch sein Spiel spielen, ihn weiter zum Narren halten, womöglich gar nicht erscheinen zur Unterzeichnung, ohne vorige Entschuldigung oder gar Information, einfach so, nur um am nächsten Tag anzurufen und auszuschmücken: „Mensch Eilfried, die Migräne, ich war noch nicht mal in der Lage, zum Telefon zu greifen. Man muss dann Prioritäten setzen. Die Gesundheit geht vor, das verstehen sie doch, oder?" So oder so ähnlich stellte er sich den Ablauf vor und äffte das „oder" mit der schweizerischen Betonung auf der ersten Silbe nach. Und man könnte dann noch nicht mal widersprechen, ohne als kaltherziger, seelenloser Großkapitalist zu erscheinen, dem die Gesundheit des Geschäftspartners gleichgültig ist.

Raum 203 war hergerichtet mit Canapés, allerlei alkoholischen und alkoholfreien Getränken, sogar Luftschlangen hingen an den Deckenflutern. Eilfried hatte über sein Sekretariat sogar ein Begrüßungskomitee organisiert. Empfang und Pforte wurden auf den Ehrengast eingeschworen, damit man sich erst gar nicht lange mit den Formalitäten aufhalten musste. Eilfried hatte dennoch großes Vergnügen an der Vorstellung, dass das Buffet unangetastet bliebe, weil Suterlüti nicht erschien und man dann das Ganze für Murchbart so erscheinen ließ, als wäre alles für ihn höchstselbst hergerichtet. Am Abend würden er und sein Stab aus dem Kichern nicht mehr rauskommen und sich überschwänglich gratulieren für diesen genialen Schachzug – schlechterer Deal hin oder her.

Und es kam wie es kommen musste: Die Damen und Herren der Klingbeil GmbH warteten bereits seit einer Viertelstunde in Raum 203, wirkten nervös und verlegen (welche Gespräche soll man auch eröffnen, ist doch vermutlich schon bald von einer jähen Beendigung bei Erscheinen der Hauptperson auszugehen), Anrufe auf das Mobiltelefon Suterlütis blieben unbeantwortet. An der Pforte meldete sich auch niemand. „Diese Pförtner - wenn man sie mal braucht", stöhnte Eilfried. Als nach dreißig Minuten sämtliche Bemühungen zur Erlangung informationeller Klarheit scheiterten und kein Suterlüti weit und breit zu sehen war, klatschte Eilfried in die Hände und rief patzig in die Runde: „Was habe ich ihnen gesagt?! Liebe Freunde, die Sache ist geplatzt, genug ist genug. Wir gehen jetzt wieder an die Arbeit und treffen uns hier an Ort und Stelle gegen 17 Uhr wieder, und zwar mit Herrn Murchbart. Könnten wir in der Zwischenzeit das Catering kühl stellen?"

Das Vorgespräch mit Murchbart verlief erwartungsgemäß positiv, weshalb der Termin um 17 Uhr im Raum 203 auch tatsächlich stattfand. Eilfried sprach einen Toast aus „auf die Zuverlässigkeit und Seriosität" des Geschäftsfreundes Murchbart, welcher versprach, die Klingbeil GmbH samt Belegschaft sei in guten Händen eines seriösen und potenten Finanzinvestors.

Unterdessen versuchte zwei Etagen tiefer Urs Suterlüti immer noch dem vor exakt vier Stunden und zweiunddreißig Minuten betretenen Zwischenkorridor durch Klopfzeichen, Schreie, Rufe und wilde Zappeleien zu entkommen. Sein Smartphone hatte er am Empfang aus Sicherheitsgründen abgeben und ausschalten müssen, die von Manfred Schleicher - an sich ein Fels in der Brandung des Pförtnerwesens - ausgehändigte Zutrittskarte für das Werksgelände war wohl falsch programmiert. Jedenfalls war er durch die Zwischentür gelangt, nicht aber durch die Haupttür. Und die mittlerweile hinter ihm zugeschnappte Zwischentür ließ sich nur von außen öffnen. Unglücklicherweise war er wohl aus Versehen in ein Nebengebäude geraten, wo offensichtlich nur einmal im Monat ein Verirrter wie Suterlüti vorbeischaute. Und so kam es, dass Herbert Eilfried *sein Überleben* zwei Stockwerke höher in Raum 203 gesichert hatte, während der niemals zuvor in Gefahr befindliche Urs Suterlüti nun um selbiges fürchtete.

Grubisteins unterdrückte Entspannungsimpulse

Es ist die vornehmste Aufgabe des Human Resources Management, Neues zu wagen, Dinge anzustoßen, Schwung in das flügellahme Unternehmen zu bringen und dabei, wenn nötig, keinen Stein auf dem anderen zu lassen.

Dies alles geschieht natürlich nicht zum Selbstzweck, sondern dient dem edleren Ziel unternehmerischer Gesundung, Vitalität und Spannkraft. Der Vorwurf, die Vertreter des Human Resources seien dabei vor allem an ihrer eigenen Profilierung interessiert, nachdem sie zuvor immer wieder etwas ´auf den Deckel bekommen` haben von wegen Praxisferne und fehlendem Businessverständnis, entspricht erwiesenermaßen nicht der Wahrheit und kann in das Reich der Lügen und üblen Nachrede eingeordnet werden.

Personalchef Hermann Weißknecht ist bereit, das Unternehmen von Grund auf umzukrempeln, beginnend mit dem neuralgischen Punkt des Unternehmens, dem Vertrieb, genau genommen erst einmal mit den Verkaufsleitern. Die Verkaufserlöse sind in den letzten Monaten stetig zurückgegangen und Baldig, CEO der Herbolzheimer AG und Weißknechts Chef, ist fest entschlossen, die Hälfte der Mannschaft zu entlassen.

Doch als oberster Personaler glaubt Weißknecht an das Potenzial der Seinen, und dieses Potenzial will er heben. Sie werden ihn feiern, wenn sich erst einmal herausgestellt hat, dass er dem Schnellschuss Baldigs widerstanden und eine humanere, kostengünstigere und vor allem leistungsstärkere Alternative durch- und umgesetzt hat. Das Projekt trägt die Überschrift: ´Performancesteigerung von innen`!

Er hat sich das fein ausgedacht: im Rahmen eines zehntägigen Workshop-Intervall-Bootcamps werden die Teilnehmer zunächst voller Einsicht und gänzlich freiwillig ihre eigene Struktur, ihr eigenes Tun und Handeln massiv kritisch hinterfragen. Die Intervalle werden flankiert von einem dreiwöchigen individuellen Intervallcoaching mit tiefenpsychologischem Inhalt, bei dem in einem Zeitraffer mal alles - von der Kindheit bis zur nahenden Vorpensionierung - an die Oberfläche gekramt wird, jedes unbewältigte Trauma, das dem erwachsenen Verkaufsleiter im Wege steht bei seiner zackig-unbeschwerten Berufsausübung. Denn der Personalentwickler Weißknecht kennt die Ursachen und ist sich einhundertprozentig sicher: die Kollegen sind ein noch unentdeckter Schatz, den man nur finden und heben muss. Der Laden kann nur von innen heraus gesunden, und veränderungswillige Mitarbeiter sind hierfür die besten Garanten. Und Weißknecht glaubt an seine Mannschaft, hat volles Vertrauen in die Potenziale seiner „Frontkämpfer", wie er die Vertriebler gerne liebevoll tituliert.

Nun zeigt Weißknecht aber nicht nur Spitzenwerte bei der A-Note, sondern weiß auch bei der B-Note, beim künstlerischen Ausdruck zu glänzen. Er stülpt seine unternehmerisch-visionären Ideen nämlich nicht einfach nur der Zielgruppe über, sondern er bittet sie herauszufinden, was am besten für sie ist, wobei das Ergebnis selbstverständlich im Vorhinein feststeht. Die Teilnehmer sollen aber nichtsdestotrotz das gute Gefühl haben, sie wären selbst darauf gekommen (ein raffinierter Schachzug, findet Weißknecht). Am einfachsten gelingt die richtige Bahnung, indem man das Motto statt offen („Muss die Herbolzheimer AG etwas ändern?"), geschlossen („*Was* muss die Herbolzheimer AG ändern?") formuliert. Dermaßen eingestimmt, gelingt ein wahrer Überbietungswettbewerb feuriger Revoluzzerideen, der verkappte Change Manager Hermann Weißknecht ist sich da sicher.

Im Grunde hat er es schon immer gewusst: das schnöde Personalerleben wird seinen strategischen Fähigkeiten nicht ansatzweise gerecht. Deshalb hat er dem schulterzuckenden Baldig auch die Erlaubnis abgerungen, sich neben dem ´HR Director` noch einen ´Chief change transformator` auf seine Businesscard drucken zu lassen. Baldig ist dies ziemlich egal gewesen, er hat andere Sorgen.

Nicht egal dürfte ihm allerdings sein, dass aufgrund der beträchtlichen Abwesenheit der Verkaufsleiter an der Verkaufsfront - der Anwesenheit in den Workshops und Coachings geschuldet - ein massiver Absatz- und Umsatzeinbruch die ohnehin schon angespannte Cash-Situation schlagartig und bedrohlich verschärft hat. Auch Außenstände konnten nicht im notwendigen Umfange reduziert werden, weiß man doch, dass so etwas nur durch persönliche Kontakte und hartes persönliches Insistieren bei der Kundschaft gelingt. Weißknecht überrascht das alles nicht, hat er es doch schon immer gewusst: Die Herbolzheimer AG pfeift auf dem letzten Loch, wenn nicht bald etwas, und zwar das richtige geschieht (´Performancesteigerung von innen`), „isch over", kennt sich der Schwabe Weißknecht vortrefflich aus.

Leider haben die Verkaufsleiter, nachdem sie den Glaubenssatz „Es könnte so schön sein, wenn nur der Kunde nicht wäre.", eigenhändig vom Konjunktiv in den Indikativ transformiert haben, zwischendurch Mühe, wieder zurück an die Verkaufsfront zu gelangen. Jedenfalls ist es nur ein kurzer Weg von „Es ist so schön, dass es den Kunden (zurzeit) nicht gibt.", zu: „Kunde könnte aber wieder mit Auftrag drohen". Die Workshop-Phasen dienen der gegenseitigen Bestätigung der Teilnehmer, dass dieser Umstand auf alle Fälle vermieden werden muss. Die flankierenden tiefenpsychologischen Sitzungen, konstatiert der Kollege und Workshopteilnehmer Grubistein unter heftigster Zustimmung der anderen, hätten schließlich sein bisheriges, permanentes und krampfhaftes Streben nach beruflichem Erfolg als eine ungesunde und krankhafte Kompensation eines unterdrückten Entspannungsimpulses entlarvt. Diesem Entspannungsimpuls müsse nun intensiv nachgegeben werden, sonst bestünde die Gefahr somatischer und psychosomatischer Erkrankung mit chronischem Verlauf, ziemlich wahrscheinlich sogar mit Todesfolge.

Baldig wiederum droht den Verkaufsleitern nun eigenhändig mit Entlassung, zumindest aber mit Ausdünnung des ihnen zuarbeitenden Vertriebsstabes, wenn sie, so wörtlich, nicht bald „den Hintern" wieder hochbekämen und „sich mal wieder beim Kunden blicken lassen" würden. Und Weißknecht bekommt den Auftrag, was auch immer er da in diesen Workshops mit den Verkaufsleitern treibe, nun endlich die Sache in Richtung Leistungsorientierung zu drehen.

„Wenn ihr ´Performancemanagement von innen` weiter so ergebnislos vor sich hindümpelt, dann werde ich höchstselbst für frische Impulse von außen sorgen, verlassen sie sich drauf."

Vorsorglich verfeinert Weißknecht deshalb die Workshop-Reihe thematisch in Richtung „Mein Leben mit Arbeitsverdichtung; oder: jetzt erst recht."

Zudem denkt er sich ein Bonussystem aus, ach was, das hat er schon in der Schublade, was aus der womöglich zukünftig arg gerupften Vertrieblerschar noch mehr herauskitzeln soll.

Als die Workshopreihe final nach drei Monaten, nicht ganz im Sinne Weißknechts, zu dem mehr oder weniger einzigen Schluss kommt, es müsse wieder mehr Personal eingestellt werden, ist Weißknecht etwas frustriert. Leider hatte sich sein Performancestegerungskonzept dann doch ergebnisoffener entwickelt, als ihm das ursprünglich vorschwebte. Deshalb schlägt er im Widerspruch zu den Workshopergebnissen in einem letzten Versuch, das Ruder rumzureißen, vor, ein unternehmensweites Kulturprojekt zu starten, um das Betriebs- und Leistungsklima (Performancemanagement!) zu verbessern, drei Dutzend Workshops inklusive, ´Betroffene zu Beteiligten machen` heißt seine Devise.

Aber Baldigs Geduld ist da bereits am Ende, ihm reicht es jetzt. Er feuert die Hälfte seiner Verkaufsleiter und Weißknecht gleich mit.

Nun sitzt Weißknecht beim Bier mit den anderen gekündigten Verkaufsleitern. Die Stimmung ist gedrückt, das Ganze erinnert an eine anonyme Selbsthilfegruppe.

„Wie soll es nun weitergehen? Ich sehe keine Perspektive." Grubistein ist etwas schwermütig ums Herz.

„Wir machen uns selbstständig als Trainer, Moderatoren und Coaches. Denn wenn ihr eins in den letzten Monaten gelernt habt, …", frohlockt der (immer noch) visionäre, (leider) ehemalige Personalchef Weißknecht, „…, dann, wie man …"

„… Performancesteigerung von innen betreibt: …", wird er unterbrochen. Denn der schlagartig Hoffnung schöpfende Grubistein kennt sich aus mit den Vorhersehungen seines Highend-Personalers und weiß den Satz zu vollenden:

„… indem man die unterdrückten Entspannungsimpulse rauslässt!"

Jedefreunds Führungsverständnis ist alternativlos

Die Abteilung war gleich zum Punkt gekommen. Unter dem Eindruck des entlassenen Vorgängers war Heinrich Jedefreund gebeten, eher noch bedrängt worden, regelmäßige Teambesprechungen zum besseren Informationsaustausch abzuhalten. Man wünschte sich zudem mehr Mitsprache – einerseits. Andererseits sollte Jedefreund aber auch eine klare Richtung vorgeben und Führungsstärke beweisen. An beidem hatte es seinem Vorgänger gemangelt. Da rannten die Mitarbeiterinnen und Mitarbeiter bei einem wie Heinrich Jedefreund offene Türen ein.

„Ohne mein Team bin ich nichts.", „Meine Mitarbeiter sind die wahren Experten, diese Expertise zu ignorieren, ist höchst sträflich.", „Bei mir hat jeder das gleiche Stimmrecht, wenn das Team sich mehrheitlich gegen meine Meinung ausspricht, wird es nicht gemacht.", „Nur durch Partizipation reifen die Teammitglieder in ihrer Verantwortung, nur so gelingt ein verantwortliches, gemeinschaftliches Miteinander.", waren Respektadressen an seine Untergebenen, die er stets kameradschaftlich „Kolleginnen und Kollegen" nannte. Heinrich erwähnte in ihrem Beisein auch häufig, dass er sich nicht als Chef, sondern als einer von ihnen fühle, leicht, aber nur leicht, aus ihrer Mitte herausgehoben sei, ein ´Primus inter pares`, eher ein Mannschaftskapitän denn ein Trainer, maximal eine

Art Spielertrainer, oder vielleicht besser: ein Team-chef. Irgendwie ein Beckenbauer mit langer Leine: „Geht's raus, spielt's Fußball", hätte auch von ihm stammen können. Und Heinrich hatte noch mehr drauf:

„Moderne Führung kann den tieferen Sinn von Zielen und Maßnahmen aus sich heraus erklären. Da braucht es heutzutage keine brachiale Autorität mehr.", „Wenn meine Leute von meinen Ideen nicht überzeugt sind, dann habe *ich* etwas falsch gemacht, war *ich* nicht überzeugend genug. Oder die Idee ist falsch. An den Leuten liegt es jedenfalls nicht."

Als Leiter des Qualitätswesens setzte er in den ersten Wochen seiner Teamentwicklung dennoch vorsichtshalber erst einmal Themen mit geringem Konfliktpotenzial auf die Tagesordnung: Jubiläumsfeier, Betriebsausflug, Verträge mit externen Auditoren, Terminpläne, Gespräche zum gegenseitigen Kennenlernen. Somit war der Boden bereitet für eine zunächst harmonische Arbeitsatmosphäre. Störgeräusche, so es sie denn überhaupt gab, wurden in friedlicher, fast schon beseelter Atmosphäre besprochen und einvernehmlich zum Verstummen gebracht.

Heute jedoch wird es ernst, kommt die erste Bewährungsprobe. Heinrich muss - Vorgabe von ganz oben - ein unangenehmes Thema besprechen (oder treffender formuliert: durchsetzen): Zwei Stellen und somit zwei Mitglieder des Teams sind aus Kostengründen zu reduzieren, die Arbeit ist folglich für die anderen zu verdichten. Jeder einzelne der internen Auditoren muss anschließend mehr Werke betreuen.

„Das schaffen wir nicht.", „Wir bräuchten eher mehr als weniger Kollegen.", „Wie denken die da oben sich das?", „Wen von uns soll es denn treffen?", sind die wenig begeisterten ersten Reaktionen. Heinrichs in vielen Schlachten bewährte Taktik ist es, den Leuten erst mal Gelegenheit zum, wie er es im vertrauten Kreis nennt, „Auskotzen" zu geben. Wenn die Kolleginnen und Kollegen sich dann etwas beruhigt haben, wird er konstruktive Vorschläge erbitten, Ideen, wie das Ganze bewältigt werden kann und vorschlagen, eine Arbeitsgruppe zu gründen, die das Ganze dann ausarbeitet. Sein Plan: das Team redet dann nicht mehr über das *Ob*, sondern nur noch über das *Wie*. Und Heinrich ist im Handstreich die unangenehme Begleitmusik los.

Soweit die Theorie moderner, partizipativer Führungslehre. Wenn da nicht doch die Realität des Führungsalltags in Form etwas eigensinniger, widerspenstiger und kurzsichtiger Mitarbeiterinnen und Mitarbeiter wäre.

„Wie soll man denn so einem Schwachsinn konstruktiv begegnen? Du hast den Herren doch hoffentlich gesagt, dass das so nicht geht?!" (Heinrich hatte den Kolleginnen und Kollegen gleich am ersten Arbeitstag das ´Du` angeboten, das macht man heute so, man ist als Führungskraft schließlich nichts Besseres.)

Nein, er wolle die weitere Strategie erst einmal mit seinem Team ...

„Das heißt, wir haben also die Möglichkeit, gemeinsam dagegen vorzugehen?"

Das könne er so konkret nicht zusichern, aber wenn es gute Argumente gäbe, die man ja im Anschluss gemeinsam erarbeiten könne …

„Das einzige Argument ist, den Vorschlag rundum zu verwerfen."

Das ginge nicht.

„Also dann hast du nicht grundsätzlich widersprochen und es ist bereits alles entschieden?"

Ja, irgendwie sei die Vorgabe von oben dann schon eher in dieser Art zu verstehen.

„Und was erwartest du dann noch von uns? Dass wir unser eigenes Grab schaufeln?"

Na, dass es mehr oder weniger so umgesetzt würde, aber ob eher mehr oder eher weniger und wie konkret, darüber könne man reden, die Vorschläge des Teams würde er jedenfalls konstruktiv begleiten und auf jeden Fall stramm nach oben vertreten.

„Aber du weißt doch noch gar nicht, was wir erarbeiten werden, ob das in deinem Sinne ist, wie kannst du uns dann schon vorbehaltlos deine Unterstützung zusichern? Du kennst doch bisher nichts außer deiner Order von oben."

So wie er den Vorstand einschätze, seien gute Argumente immer willkommen, aber sie müssten halt gut sein, soviel sei klar, und wenn sie nicht gut genug seien, dann müsse eben Plan B greifen, der doch eigentlich Plan A sei. Aber er wisse schließlich, dass er ein gutes Team habe, von dem mit Sicherheit gute Vorschläge kommen würden.

„Und du glaubst im Ernst, dass wir irgendeine Chance haben, die Entscheidung rückgängig zu machen?"

Sicherlich würde es nicht einfach werden, der Geschäftsleitung die Idee wieder auszureden, aber das Team könne es doch versuchen, und wenn es nicht gelänge, dann könne es immer noch versuchen, das Beste daraus zu machen.

„Und ich glaube, du willst dich nur vor deiner Verantwortung drücken und hoffst, dass wir irgendwie auf deinen Pfad einschwenken und dazu noch Hurra schreien."

Heinrich verlässt nach einer Stunde tendenziöser Diskussionen den Raum mit dem Versprechen an sein Team, der Geschäftsführung die Personalreduktion auszureden und sogar noch zusätzliches Personal zu fordern. Bezüglich der Gegenfinanzierung sollten halt mal andere Abteilungen ran.

Dementsprechend stellt der nun merklich stimmungsdeprimierte Heinrich Jedefreund seinem Chef, Hermann Bollstark, über Outlook eine Terminanfrage ein mit dem Titel: ´Alternativen zur angedachten Personalreduktion`.

In der Kantine trifft er anschließend Baumkron, seinen Kollegen aus dem Finanzbereich, der sich zu ihm gesellt.

„Und, wie sind die ersten Wochen angelaufen, alles im grünen Bereich?"

„Na ja, eigentlich ganz ordentlich, aber das Schlimmste kommt ja erst noch: die Personalreduktion in meinem Bereich."

„Wenn ich ihnen da einen Tipp geben darf: Ihr Vorgänger ist an seiner über alle Maßen weichen und kompromissbereiten Art gescheitert. Sie haben da zwei Quertreiber drin, die hetzen alle auf. Lassen sie sich nicht die Butter vom Brot nehmen, sie müssen vom ersten Tag an klarmachen, wer der Chef im Ring ist. Haben sie denn schon die Bad News verkündet?"

„Eigentlich nicht, das heißt, eine erste Andeutung ..."

„Sofort Nägel mit Köpfen machen, die Personalreduktion und die damit verbundenen Kosteneinsparungen sind alternativlos. Schmeißen sie Hallbinger und Mourié, das sind die beiden Quertreiber, gleich raus. Dann haben sie sich Respekt verschafft und gleichzeitig freie Bahn."

Heinrichs Körper strafft sich wieder, sein Geist schöpft neuen Mut.

„Absolut, das entspricht auch meinem Führungsverständnis: so hart wie möglich, so weich wie nötig. Wo kämen wir denn da hin, wenn wir die Frösche um Erlaubnis fragen müssten, bevor wir den Sumpf trockenlegen. Ich habe schon bemerkt, dass bereits zaghafte Kooperationsangebote schamlos ausgenutzt werden. Wir sind doch nicht im Debattierclub. Ich würde mich so etwas bei meinem Chef jedenfalls nicht trauen. Nein, nein, da muss man hart ran, ich mache das nicht gerne, aber bitte ..."

Zurück vom Mittagstisch ändert Jedefreund umgehend seine Outlook-Einladung an Hermann Bollstark in ´Keine Alternativen zur angedachten Personalreduktion` und fügt erläuternd hinzu:

„Sehr geehrter Herr Bollstark,

erst jetzt habe ich bemerkt, dass in meiner Einladung merkwürdigerweise das erste Wort fehlt. Ich kann mir das gar nicht erklären. Das hat hoffentlich nicht zu Irritationen auf ihrer Seite geführt. Was ich eigentlich meinte, ist nämlich, dass es leider keine Alternativen zum Stellenabbau in meiner Abteilung im Allgemeinen und zur Entlassung von Hallbinger und Mourié im Besonderen gibt."

Hornung geht es nicht um Hornung

Hornung lockert die Arretierung der Rückenlehne seines Bürostuhls und lässt sich entspannt zurückfallen. Er hat für seine Kolleginnen und Kollegen in einem selbstlosen Kampf höhere Gehälter erstritten. Der Betriebsrat und sein Vorsitzender Hornung sind zwar streng genommen gar nicht für die Entgelterhöhung zuständig (das machen die Tarifpartner), aber als Mitglied der zuständigen Gewerkschaft und der Tarifkommission ist diese Unterscheidung eher theoretischer Natur. Fakt ist: durch seine Initiative ist dieses heiße Eisen überhaupt erst in Angriff genommen worden, faktisch hat *er* die Entgelte im Haustarifvertrag im Alleingang hochverhandelt – und sonst niemand. Die Konsequenzen – Kompensation der nun höheren Personalkosten durch Stellenabbau – haben andere zu verantworten. Diejenigen nämlich, die es haben so weit kommen lassen. Wollten die beiden Positionen gegeneinander ausspielen. Keine Entgelterhöhung, kein Abbau, lautete das Angebot der Geschäftsführung. Da macht Hornung aber nicht mit. Erpressen lässt er sich nicht. Auch wenn das Angebot, nüchtern betrachtet, vielleicht für das Gesamtkollektiv besser gewesen wäre. Aber wie hätte er das denjenigen verkaufen sollen, die bleiben, also allen, mit denen er noch viele Jahre zusammenarbeiten wird?! Mit der Solidarität unter Kollegen ist es im Ernstfall nicht weit her. So ist es besser: zwei Drittel glücklich machen, ein Drittel opfern. Besser jedenfalls als drei Drittel unzufrieden vor sich sitzen zu sehen. Und auf ihn und seine Betriebsratskollegen wird es jetzt wieder ankommen, jetzt, wo es Teilen der Belegschaft wohl an den Kragen geht. Wieder wird Hornung mit seinen Genossen die Kohlen aus dem Feuer holen müssen, zum wiederholten Male. Die Bedeutung, die ihm dabei zukommt, nun ja, ein netter Nebeneffekt, unvermeidlich halt. Lässt sich wohl kaum verhindern. Aber hätte der Deal andersherum wirklich funktioniert? Kein Personalabbau als Gegenleistung für eine geringere oder keine Entgelterhöhung? Hornung muss einräumen, dass er diese Option gar nicht erst zu Ende gedacht hat, auch wenn die Geschäftsleitung ihn mehrfach dazu drängte, selbst einige Kolleginnen und Kollegen aus Betriebsrat und Gewerkschaft. Zu gefährlich für ihn. Am Ende hätte er mit leeren Händen dagestanden und nichts erreicht. Also nicht für sich hätte er nichts erreicht, sondern für die Belegschaft. Um ihn geht es ja letztlich nicht. Am Ende wären alle noch da, aber mit enttäuschten Gesichtern. Und es wären dann *viele* enttäuschte Gesichter, der Anzahl nach, weil doch keiner entlassen worden wäre. So sind es weniger Gesichter, und die sind auch noch glücklich. Wie gesagt, es geht ihm um das Glück *der* Leute, in deren Gesichter er Tag für Tag schauen muss. Deshalb lieber ein Ende mit Schrecken als ein Schrecken ohne Ende. In zwei Monaten ist er fein raus, dann sind die armen Teufel weg und die Verbliebenen schauen wieder nach vorne – mit mehr

Geld. Dann geht es ihm, Hornung, auch wieder besser. Er wird sich in den nächsten Wochen wieder permanent bei den Kollegen ´auf dem Hallenboden` blicken lassen, Stimmung aufsaugen, Stimmung machen, Sätze sagen wie: „Wir lassen euch nicht im Stich, wir werden denen da oben zeigen, dass wir eure Jobs nicht einfach aufgeben. Dass es soweit kommen musste, dafür sollten sich die Herren der Geschäftsführung schämen, wir kämpfen für den Erhalt jedes einzelnen Arbeitsplatzes." Fragen nach dem solidarischen Verzicht auf Entgelterhöhung als Option wird er wie üblich mit „Wir lassen uns nicht erpressen.", abwehren. In dieser Phase wird er auch sehr häufig in der Zeitung und den elektronischen Medien erscheinen, mit Bild und Interview. Er wird den Verlagen vorsichtshalber auch eine Liste seiner beachtlichen Vita zukommen lassen, für den Kasten rechts am Seitenrand (vor dem Fototermin muss er noch zum Frisör). Bilder von aufgebrachten Menschenmassen vor dem Werkstor, Hornung mit Megafon, grimmig, entschlossen, kampfeswillig. Dann, wenn das Unvermeidliche eintritt, nämlich die Teilschließung und die anschließende Zankerei, die sich nur noch und ausschließlich um den Sozialplan dreht, dann, wenn klar ist, dass Hornung in Sachen Stellenerhalt kraftvoll als Tiger gestartet, aber schlaff als Bettvorleger gelandet ist, dann wird er seine martialische Kampfesrhetorik ändern von „Wir werden …" in Richtung „Die wollen …", was mindestens genauso viel Stimmung erzeugt und ihm viel Applaus einbringen wird. Wenn es also nicht mehr um das ´Ob`, sondern nur noch um das ´Wie` geht, wird Hornung eine Dauerbetroffenheit ausstrahlende Miene auflegen. Weil die Kollegen, die gehen müssen, mit auch noch so viel Abfindungsgeld ihre gute Laune nicht zurückgewinnen werden, und er seine Solidarität mit ihnen großherzig demonstrieren muss. Hornung wird schon rein optisch sehr mit den Kollegen mitleiden, wird erschöpft und fertig aussehen. Er wird schon durch Mimik und Gestik ein Zeichen setzen, wird denen da oben schon durch sein Mienenspiel eindringlich klarmachen, dass selbst die üppigsten Abfindungen die moralische Schuld, die andere, nicht er, auf sich geladen haben, nicht wird tilgen können. Am Ende, wenn die Verträge über die Teilschließung sowie der Sozialplan in trockenen Tüchern sind, werden sich seine Mundwinkel etwas nach oben bewegen, mehr ist nicht drin, angesichts des bedauernswerten Schicksals so vieler Unschuldiger. Wenigstens konnte er einiges rausholen für die Entlassenen, es geht ihm gut damit, nein, es geht ihm nicht so schlecht, wie es ihm hätte gehen können, gehen sollen. Aber nur deshalb, weil er sie bei der Arbeitsagentur in guten Händen weiß. Zeitungsanfragen wird er ab dem Zeitpunkt, an dem das Schicksal der zu Kündigenden besiegelt ist, nur noch defensiv beantworten. Zu viel Publicity kann ab dem Tag X eher schaden, das Netz vergisst nicht. Und ab jenem Tag X wird er sich dann für einige Wochen rarer machen im Betrieb, solange die Gekündigten noch da sind. Bringt schließlich nichts, mit denen mitzuheulen. Die schlechte Stimmung womöglich noch verstärken. Da muss man jetzt halt durch.

Denn die Zukunft sieht wahrlich nicht schlecht aus: mit mehr Geld für die Verbliebenen, seiner Forderung im nächsten Jahr nach noch mehr Geld für die Belegschaft (von der noch niemand etwas weiß) und dann – im Anschluss – mit vermutlich neuen Verhandlungen zu Interessenausgleich und Sozialplan.

Ziemlich glücklich

Andreas Theobald ist ein glücklicher Mensch. Oder besser: er ist es wieder. Seine Karriere verlief nach seinen Vorstellungen, wenn auch mit Mühen, Widerständen, mit Rückschlägen gar, aber summa summarum erfolgreich. Und Erfolg war für ihn Glück. Per aspera ad astra, über die Mühsal zu den Sternen, das war sein Lebensmotto. Es galt die Langfristperspektive. Kein Klein-Klein. Gelegentliche Ausrutscher konnten ihn nicht stoppen. Die Aussicht auf das ´Mehr` beflügelte ihn. Mehr Karriere, mehr Anerkennung, mehr Geld.

Das letzte Jahr war zäh, „es fluppte" nicht mehr so, wie er sich auszudrücken pflegte. Die langen Jahre der Plackerei, die vielen Schlachten bei der Trimbold AG hatten ihre Spuren hinterlassen. Er war zwar immer noch lebensfroh, aber nur noch aufgrund der Aussicht, Schluss machen zu können. Und wartete förmlich auf den Gnadenschuss, versilbert oder vergoldet durch eine kleine Anschubfinanzierung für sein neues Leben. Nur noch relaxen, Villa am Mittelmeer, ein Segelboot, Partys mit Sonnenuntergang, viele Freunde um ihn herum, ihm anerkennend auf die Schulter klopfend. Ansonsten Ruhe, ab und zu die Kontostände prüfen, Geld hier anlegen, dort ein Haus kaufen oder verkaufen, hier mal Anteile zeichnen, bei Verlusten nicht lange grämen, Geld ist genug da. Er sah alles genau vor sich: neben dem Haus am Mittelmeer ein Haus am Bodensee und eine Stadtwohnung in Hamburg, Penthouse oder Loft mit tollem Ausblick. Entfernungen werden mal eben lässig mit Fliegern überbrückt – den CO_2-Footprint würde er einfach wegspenden.

Am 24. Juli war es dann soweit, sein Glückstag war gekommen. Norbert Päffgen, CEO der Trimbold AG, rief seinen langjährigen Chief Financial Officer (und man kann sagen: Freund) in sein Büro. Die Anwesenheit des Personalchefs Marvin Tresch ließ vermuten, dass es gleich wohl weniger um die letzte Bilanzpressekonferenz gehen würde, die zugegebenermaßen etwas chaotisch gelaufen war.

„Andreas, komm setz Dich!"

Der Tonfall wirkte jovial, freundlich und harmlos wie immer, einzig die angespannte Miene Treschs verriet, dass es gleich mit den oberflächlichen Nettigkeiten ein Ende nehmen könnte.

„… wir glauben jedenfalls, dass es für Dich eine Riesenchance ist …"

Er hörte noch Worte wie „mal ausspannen, neu kalibrieren, danach richtig durchstarten, neue Impulse", war aber durch die Suche nach der für ihn einzig relevanten Zahl im ihm vorgelegten Schriftdokument abgelenkt. Als er an der Stelle „Euro 450.000,--, in Worten: vierhundertfünfzigtausend", ankam, konnte er seine innere Freude kaum unterdrücken. Während Päffgen unablässig und wohl aus Verlegenheit seine Maschinengewehrsalven abfeuerte („großartige Verdienste, die Zeiten haben sich geändert, wir brauchen auch mal frische Impulse, jetzt kommst du mal dran, faires Angebot, woanders sich nochmal neu beweisen, auf zu neuen Ufern"), überflog er den Rest des Vertrages rasch, konnte auf den ersten Blick keine Fallstricke entdecken und musste sich zwingen, nicht gleich nach dem Stift zur Unterschrift zu verlangen. Einen Tick zu überschwänglich verabschiedete er sich von den etwas irritiert schauenden Kollegen („Das muss eine Schock-Verdrängung sein", hörte er den Personalchef und Hobbypsychologen Tresch bei Verlassen des Büros noch sagen) und federte leichten Schrittes aus dem Büro Päffgens, einer, *seiner* rosigen Zukunft entgegen.

Andreas Theobald schaut auf die ruhige See, vom Balkon seiner Wohnung im 13. Stock an der Costa Blanca. Draußen ist es zurzeit fast vierzig Grad. Er erwartet einen Anruf des Hausmeisters seiner Wohnung in Überlingen, Bodensee, die er kürzlich erworben und vermietet hat. Ein Wasserschaden, der zweite innerhalb von zwei Monaten. Die Immobilie mit vierzehn Wohneinheiten ist wohl doch nicht in einem so guten Zustand wie prospektiert. Die Großstadtwohnung hat er sich gespart, was soll er in Hamburg, Köln, München oder anderswo, er hat ja keine Kontakte mehr, jedenfalls keine geschäftlichen, die ihn zu häufigen Trips in die Business Metropolen animieren würden.

Er schaut auf das Meer und scheint zufrieden auszusehen. Wenn nur der Wasserschaden nicht wäre. Und die fehlenden Kontakte. Und die vergeblichen Versuche, im hiesigen Yachtclub aufgenommen zu werden. Er sollte es mal mit dem Tennisclub versuchen. Björn Borg war zu Glanzzeiten des Clubs auch mal dort, hat Unterricht gegeben, für ´Neckermann und Reisen`, glaubt er. An den Strand kann er jetzt nicht, ist zu heiß. Gestern war es kühler, aber zu voll. Verkaufen könnte er jetzt auch nicht mehr, er hat wohl zu teuer gekauft. Er will keinen Verlust machen. Sein Nachbar, den er vom Balkon aus grüßen kann, wenn dieser seine Ferien hier verbringt, hat ihn neulich zu einem Besuch auf dessen jüngst-erworbenes Anwesen eingeladen. Ibiza, Bauhaus-Kuben-Stil, direkt an der Klippe, angeblich alles, wofür sich zu leben lohnt: Pool, Sauna, spektakulärer Meerblick, Zugang zu privatem Strand. Sein Apartment wird er verkaufen, Verluste hin oder her. So ein Haus hätte Andreas auch gerne, kann er jetzt aber nicht mehr kaufen, zu teuer, erst recht, wenn er das alte mit Verlust verkaufen würde. Er wird die Einladung nicht annehmen, lieber nicht.

Sein Telefon klingelt, der Hausmeister:

„Herr Theobald, also, es sieht nicht gut aus. Am besten tauschen wir die ganze Verrohrung aus, sonst haben sie immer wieder das gleiche Problem. Der Kasten ist einfach zu alt."

Andreas sollte eigentlich glücklich sein, seine einzigen Probleme erwachsen seinem kleinen Luxus. Er hat ansonsten keinen Stress, alles ist easy. Er könnte jetzt alles tun, schwimmen gehen, an den Strand, lesen. Macht er aber nicht. Er hat schon genug damit zu tun, sein neues Glück zu genießen.

Denn sie wissen nicht, was sie tun

Die Ansage war klar und unmissverständlich. Merkhofer, langjähriger kaufmännischer Geschäftsführer der Spielbach GmbH & Co.KG, hatte das Task Force Team zu einer dringlichen Besprechung in die Sitzgruppe seines Büros geladen. Dieses Team hatte kürzlich seinen bis dato erfolgreichen, zuletzt aber unter die Räder gekommenen Chef aus dem Unternehmen gemobbt. Der verzweifelte und mit den Nerven am Ende befindliche Brubach konnte zum Schluss nur noch hinschmeißen, nicht aber, ohne seinem einst so nahestehenden Team noch mitzugeben: „Sehen sie zu, wie sie aus dem Schlamassel, den sie sich selbst eingebrockt haben, wieder rauskommen. Jetzt haben sie keine Alibis mehr." Die Tatsache, dass es mit der geplanten Fusion mit der Merton GmbH nicht weiter ging, hatte das Fass zum Überlaufen gebracht und Brubach zum Opfer seines vertrauensgebenden, sehr demokratisch ausgerichteten Führungsstils werden lassen. Als die einzelnen Teammitglieder immer kreativer wurden bei der Suche nach fingierten Schuldzuweisungen, als jeder am Ende nur noch seine eigene weiße Weste im Auge hatte, als Brubach mehrfach anonym bei Merkhofer angeschwärzt wurde (was dieser Brubach natürlich prompt wissen ließ), da war es mit Brubachs robustem Nervenkostüm nicht mehr weit her. „Sie werden sich noch nach mir zurücksehnen", orakelte Brubach zum Schluss, und das Team bekam nach nun ca. vier Wochen Bruchbach-Abstinenz allmählich eine leise Ahnung, was das konkret bedeuten konnte, jetzt im Angesicht eines derart derangierten, weil zu wütender Hochform auflaufenden Merkhofer.

„Meine Herren, ich werde ihre Intrigen, ihre fehlgeleitete Energie, ihr selbstmitleidiges Vorgehen nicht noch einmal tolerieren. Im Grunde ärgere ich mich schon jetzt, dass ich Brubach geopfert habe. Nun, ich habe schnell Ersatz gefunden, über kurze Wege, Frieder Murting wird ihr neuer Chef!" – erstaunte, fast entsetzte Gesichter – „ja genau: jener Frieder Murting, der bei der Merton GmbH die Finanzen leitet. Mein Pendant bei Merton hat mir den Kollegen freundlicherweise für ein halbes Jahr überlassen, damit das mit der Fusion noch etwas wird. So, und jetzt haben sie keine Alibis mehr, nun müssen sie liefern, und wenn sie nicht liefern, werden hier noch ganz andere Saiten aufgezogen. Die Fusion ist die einzige Rettung für uns, für sie, Triumpf oder Untergang: es liegt an ihnen. Also, meine Herren, jetzt oder nie, seien sie Männer!"

Merkhofer, noch ganz vom alten Schlage, lief immer zur Topform auf, wenn er martialische oder machoisme Begriffe und Vergleiche verwendete, dann war er ganz er selbst.

Nun war sie also gekommen, die Stunde null. Frieder Murting ließ das gesamte Team gleich wissen, was das Stündlein geschlagen hatte. „Entweder wir siegen oder wir gehen unter!"

Mit der Zeit dämmerte dem Task Force Team, dass sich durch Murtings Führungskunst keine zusätzliche Qualität einstellte, im Gegenteil: wo die Kollegen früher unter Brubach von üppigen Berichtspflichten verschont blieben und deshalb viel Raum und Zeit zum Toben und Spielen hatten, herrschte nun ein strenges Regiment, ohne dass dadurch aber substanziell etwas weitergegangen wäre. Jeden Morgen von acht bis zehn musste berichtet und diskutiert werden, wurden schlaue Ideen entgegengenommen, verworfen und am Ende doch so durchgesetzt, wie es Murting wollte. Sobald Murting Interesse an der Meinung der Teammitglieder heuchelte und Feedback auf seine Vorschläge erhielt, war er sichtbar bereits mit der Vorbereitung des nächsten Kapitels seiner Monologreihe beschäftigt. Ein Meeting endete klassischerweise mit dem Satz: „Alles kluge Ideen, sicherlich, aber ihre Lösungsansätze sind viel zu kompliziert. Deshalb machen wir es so, wie ich eingangs vorgeschlagen habe: einfach."

Und das Team konnte sicher sein, dass dieser Vorschlag an Einfalt kaum zu unterbieten war. Als Franke, eine Art informeller Teamchef, einmal wagte, die Adäquanz einer einfachen Lösung à la Murting in Bezug auf die doch sehr komplexe Problemstellung zu hinterfragen, schmetterte es ihm entgegen: „Sehen sie, das unterscheidet uns: Mein Ansatz akzeptiert, dass die Dinge eh zu kompliziert sind für eine komplexe *und* gleichzeitig administrable Lösung. Also machen wir es *einfach*. Die einfache ist der komplizierten Lösung gerade bei komplexen und überfordernden Problemen nicht unterlegen, hat aber den Vorteil besserer Exekutionstauglichkeit." Da war Franke baff, und auch ein wenig beeindruckt, das musste er zugeben!

Dieser von Murting so einleuchtend plausibilisierte Entscheidungsstil ließ allerdings in der Praxis zu wünschen übrig. Antizipierte Ergebnisse wollten sich partout nicht einstellen. „Machen sie einfach so weiter wie besprochen, sie werden schon sehen.", entpuppte sich als plumpe Durchhalteparole, „früher oder später kommen die anderen auch noch drauf", überschätzte die seherische Weitsicht der Beteiligten, „Nicht alle können so clever sein, aber man kann es lernen", ignorierte die Begriffsstutzigkeit so mancher Zeitgenossen.

Das Team traf sich unter Frankes Leitung zu einer konspirativen Krisensitzung, den Druck der Verantwortung am eigenen Leib fast körperlich spürend. Man hatte noch Merkhofers Drohung im Ohr: keine Alibis mehr, es zählt nur der Erfolg.

In der Not entschied man sich zu einer List: Man würde Murting nur noch berichten, was dessen Erwartungen entsprach. In realiter aber würde man *das* tun, was man für richtig hielt. Der Zweck heilige die Mittel, hinterher würden, wenn das Ergebnis stimmte, alle zufrieden nicken.

Und die Ergebnisse stimmten plötzlich, das Projekt machte spürbare Fortschritte. Angesichts der existenziellen Bedrohung rissen sich die Teammitglieder zusammen, jeder brachte uneigennützig seine Expertise ein, seine Fähigkeiten zudem, in komplexen Zusammenhängen zu denken und gemeinschaftlich und konstruktiv bestmöglich zusammenzuarbeiten, auch und gerade mit dem Team der Merton GmbH. Fleiß kam hinzu, die Teammitglieder arbeiteten mehr als zwölf Stunden täglich plus Wochenende, schonten sich und die anderen nicht. Leider musste auch viel Zeit auf die ´Fake News` für Murting verwandt werden, aber es war absolut wichtig, kein Risiko einzugehen und den schlafenden Tiger nicht zu wecken. Zeitweise machte es regelrecht Spaß, diese Parallelwelt genauso zu leben wie die reale. Dass die Fake Story nicht aufflog, lag im Wesentlichen an Murtings Unterbelichtung und Eitelkeit. „Ich freue mich, dass sie mittlerweile meinen Ansatz verinnerlicht haben.", zeigte sich Murting nach den Briefings bester Laune. Die Teammitglieder konnten sich nur wundern, dass Murting nichts bemerkte (ein weiterer demonstrativer Beleg seiner intellektuellen Schlichtheit). Als alles entscheidender Erfolgsfaktor aber entpuppte sich der Umstand, dass Murting sich durch die wirksame ´Ruhigstellung` seines Teams aus allen Details heraushielt, die Mannschaft konnte ungehindert arbeiten.

Und dann war es schließlich soweit: Alles war unter Dach und Fach, die beiden Gesellschaften konnten fusionieren.

Bei einem Sektempfang anlässlich der Vertragsunterzeichnung wendet sich Merkhofer nun im Beisein Murtings an das Team: „Werte Kollegen, das war wirklich großartig. Ich hatte zu keinem Zeitpunkt, seit

Herr Murting zu uns gestoßen ist, das Gefühl, das etwas schief gehen kann. Jetzt wird alles gut, sagte mir eine innere Stimme bzw. die Stimme Murtings …"

Betretenes Schweigen, Blicke zum Boden gesenkt, der sich doch bitte auftuen möge, diese Fremdscham ist kaum auszuhalten.

„… denn Herr Murting hat mir in unseren Regelbesprechungen regelmäßig berichtet, wie sie sich als Team gefunden und zu immer größerem Engagement aufgerafft haben. Wie sie plötzlich den Ehrgeiz entwickelt haben, das Projekt erfolgreich zum Abschluss zu bringen. Aber ganz besonders zuversichtlich wurde ich ab dem Moment, als Herr Murting mir freudestrahlend berichtete, dass sie nun endlich angefangen haben, ihn an der Nase herumzuführen. Nichts schweißt doch so zusammen wie ein gemeinsames Feindbild, jemanden, gegen den zu kämpfen sich lohnt."

Als sich die immer noch verdutzten, ehemals intriganten und larmoyanten Egoshooter nach Beendigung des offiziellen Teils noch im ´Twentyfourseven` in der Altstadt einfinden, um den Erfolg unter sich zu feiern, erhebt Franke das Glas: „Entscheidend ist das Ergebnis – und das stimmt. Wir sollten deshalb, auch wenn es schwerfällt, einem danken: Frieder Murting. Ohne ihn hätten wir das nie geschafft, seien wir ehrlich!"

Doch Kollege Hellfried, nachdem ihn Maulbach besorgt auf seinen frustrierten und leeren Blick angesprochen hat, kann der Euphorie Frankes absolut nichts abgewinnen: „Welch eine Schlappe! Die schlimmsten Niederlagen sind doch immer die, die man kurz zuvor noch für einen Sieg gehalten hat!"

„Was redest du da?! Das Projekt war erfolgreich, wir waren erfolgreich."

„Das Projekt war erfolgreich? Dass ich nicht lache. Aber zugegeben, bis vor zwei Stunden habe ich das auch noch gedacht. Da war für mich auch noch klar: *wir* haben Murting an der Nase herumgeführt, nicht umgekehrt!"

Neufritz ist jetzt agil

Früher dachte Ernst Neufritz, Personalchef beim ´Verkehrsverbund südlicher Maingau`, kurz VVSM, er mache einen guten Job, wenn er die richtigen Leute einstelle, fördere, motiviere, adäquat entlohne, und, im Falle einer Fehlpassung, möglichst zur Zufriedenheit aller, diese wieder kündige. Es gab auch bislang keinen Grund zur Klage der internen Kunden, mal abgesehen von der notorisch piefig-miefigen Dauerunzufriedenheit, wie sie bekanntermaßen im öffentlichen Dienst zum guten Ton gehört. Mit der Privatisierung (oder das, was man dafür hält, denn die Kommunen halten immer noch mehr als 80% am VVSM) ist diese Rechtfertigung nun auch weggefallen, zumindest ist sie jetzt nicht mehr politisch korrekt. Stattdessen spürt man überall diese latente neue Erwartungshaltung, dieses ´es muss sich etwas ändern`-Flimmern. Wie es durch die Gänge summt, brummt und vibriert, damit es beim „Veucht-Vröhlichen-Sado-Maso"-Verein (Neufritz´ Kollege aus der Buchhaltung gelang diese fein beobachtete und vorzüglich auf den Punkt gebrachte Zustandsbeschreibung) endlich einen Ruck gibt. Bloß: *was* sich ändern muss, und *wie* das alles dann ablaufen soll, davon hört man nichts aus der Führungsetage. Neufritz spürt aber, dass die Kollegenschaft immer häufiger ihn, der den ´employee lifecycle` bislang so trefflich verwaltet hat, erwartungsvoll anschaut, wenn es um die Zukunft des VVSM geht. Mit profaner Personalarbeit alten Schlages kommt man da aber nicht weit!

Doch Neufritz ist ein kreativer Kopf, eigentlich viel zu schade für diesen Schnarchladen, immer auf der Suche nach Inspiration, frischen Ideen und neuen Energien für die ´Sado-Maso-Truppe`. Neulich war er bei einem Kongress zum strategischen Human Resources Management, auf dem nahezu alle Top-Personaler der Republik, also auch Neufritz, zugegen waren. Strategie ist sein Ding, er leidet furchtbar unter der fehlenden Weitsicht seiner Chefs und der Tatsache, dass seine HR-Arbeit (seine Kollegen sprechen das H mitunter englisch absichtlich und böswillig wie „ätsch" aus) irgendwie keinen Wirkungstreffer erzielt. Zur Geschäftsleitung zählt er jedenfalls nicht, ist auch nur selten deren Sitzungsgast, die Entscheidungen treffen also andere, und das merkt man dann leider auch, wie Neufritz findet. Keine Innovation, kein Schwung, „der Schlaf der Selbstgerechten", pflegt er im Kreis der ihm Wohlgesonnenen gelegentlich fallen zu lassen.

Doch nun, unmittelbar nach dem Kongressbesuch, steht Neufritz vor einem Paradigmenwechsel, vor einem „Era change", wie er es bezeichnet. Er sieht alles ganz deutlich vor sich. Beseelt, energetisiert, man kann sagen glücklich, berichtet er seinen Mitarbeitern am nächsten Tag von dem, was sich gestern zugetragen, was er gehört, gesehen, gelernt und sogleich in einen Aktionsplan übersetzt hat: Agility!

Neuberger, sein Chef, weiß nicht recht, was er von Neufritz´ Ausführungen zu halten hat, schließlich sind diese noch sehr unausgegoren und Neufritz selbst scheint ihm doch allzu aufgekratzt zu sein. Des lieben Friedens Willen – so hartnäckig kennt er den besonnenen Neufritz sonst gar nicht – akzeptiert er dessen Drängen, ein Konzept zu erarbeiten.

„Einverstanden, aber bevor sie mit dem Konzept auf die Menschheit losgehen, haben wir zwei nochmals einen Termin."

Den Teil des Satzes nach dem Komma muss Neufritz falsch oder gar nicht verstanden haben, denn in Null-Komma-Nichts werden Präsentationen an die Führungskräfte verschickt. Er schlägt ein Kick-off-Meeting mit den Führungskräften unter Teilnahme der Belegschaftsvertreter vor. Sein Konzept trägt die Überschrift „Endlich agil – der VVSM auf dem Weg zu neuer Kraft, Ausdauer und Frische!" und ist eine recht willkürlich anmutende Aneinanderreihung von Parolen, im Agility-Jargon ´Spirits` genannt: ´Es muss ein Ruck durch dieses Unternehmen gehen`, ´weg mit den starren Strukturen`, ´Geistige Exzellenz braucht Freiheit` usw. Und Terminplänen (neudeutsch: ´Timing charts`), die dem Projekt Struktur verleihen sollen. Neufritz stellt sich das so vor: Man trifft sich zunächst zu einem Kick-off, danach in Arbeitsgruppen, in denen er das Konzept präsentiert. Nachdem alle Feuer gefangen haben und aufatmen, dass endlich, endlich mal etwas weitergeht beim VVSM, machen sich sogleich alle ans Werk, bilden ´Squads, Tribes, Chapters`, benennen deren Leader, dazu nehme man dann noch die ´Product Owner` und ´agile (sprich: adscheil) Coaches` – fertig ist die Laube. Dann wird auch gleich definiert, was es nicht mehr braucht und damit geht er dann zu seinem Chef. Hierarchie im herkömmlichen Sinne wird man dann jedenfalls nicht mehr brauchen, und er braucht dann auch nicht mehr Neuberger. Dann geht die Post ab. Er sieht schon alles vor sich: der VVSM wird der Benchmark für das kundenfreundlichste, innovativste und mitarbeiterorientierteste Unternehmen – und das, obwohl der VVSM dem ehemals verschmähten und schlecht beleumundeten öffentlichen Dienst entstammt. Bei einer Feier in Berlin geehrt, vielleicht ist Ranga Yogeshwar der Laudator (zumindest aber Wolfgang Clement). Und wer hat dazu den maßgeblichen Beitrag geleistet und führt nunmehr sämtliche HR-Hitlisten an? Richtig: er, Ernst Neufritz.

Sein Chef allerdings scheint da etwas andere strukturelle und prozessuale Vorstellungen zu haben.

„Ich hatte mich doch klar ausgedrückt. Was um alles in der Welt hat sie geritten, gleich Nägel mit Köpfen zu machen, ohne das vorher mit mir abzustimmen? Wollen sie den ganzen Laden aus den Angeln heben? Und mir die Pistole auf die Brust setzen? Nun gut, jetzt, wo die Sache in der Welt ist, kann ich nur noch gute Miene zum bösen Spiel machen. Dann schauen wir mal, was bei ihrem Workshop herauskommt, aber wehe, sie machen irgendetwas danach ohne meine Zustimmung! Sie werden alles, jeden noch so kleinen Schritt mit mir abstimmen und mir ausführlichst von den Workshops berichten. Habe ich mich diesmal klar und unmissverständlich ausgedrückt?"

Neufritz betrachtet das Gespräch, oder besser den Monolog, als typischen Beleg dafür, dass der Laden noch immer eine Behörde ist, träge, nur am Besitzstand, am Stillstand interessiert, bloß keine Veränderung, keine Bewegung. Und dass es Hierarchie im konventionellen Sinne nicht braucht. Wer braucht schon Neuberger, wenn es Neufritz gibt? Hätte er denn erst alles abstimmen sollen? Was wäre dann dabei herausgekommen? Der liebe Herr Vorgesetzte wäre sicherlich erst wieder zu seinem Chef gedackelt, und das Ergebnis kennt man ja: „Ich würde sie wirklich gerne unterstützen, aber mir sind die Hände gebunden." Ob Neuberger in der neuen Welt den Switch vom Vorgesetzten zum ´Scrum-Master` bewältigen wird – da hat Neufritz aber seine ernsthaften Zweifel.

Nein, nein, wo gehobelt wird, dort fallen auch Späne, da kann er keine Rücksicht nehmen auf sein eigenes Seelenheil, muss er mit Widerstand im Sinne des höheren, edlen Zwecks leben. Der Zweck heiligt hier die Mittel. Als ´Think Tank` des Human Resources Management muss er diesen steinigen Weg gehen, sie werden ihm später noch auf ewig dankbar sein.

Womöglich hat Neufritz die Veränderungsbereitschaft der Kollegen dann doch etwas überschätzt. Die Workshops liefen etwas zäh, gleich zu Anfang musste er zudem mit dem Missverständnis aufräumen, es handele sich um eine Betriebssport-Initiative, was den Flow der Veranstaltung etwas hemmte. Eine starke Verunsicherung war spürbar, Begriffe wie

´agil, neu, frisch, spannend` konnten die Angst vor Verlust von Prokura, Titel, Dienstwagen und zu beanspruchende Bürofläche nur beschränkt kompensieren. Er hatte auf den Charme und die Kraft des ´Agilitätsmomentums aus sich heraus` gesetzt, so wurde es ihm auf dem Kongress einige Tage zuvor jedenfalls schmackhaft gemacht. Auch von den Belegschaftsvertretern war wenig Aufmunterndes zu hören, stattdessen wurde wieder der Klassiker von der Sorge um den Verlust bestehender Arbeitsplätze gegeben. Ein Kollege wollte etwas über Kosten wissen, Neufritz weigerte sich aber beharrlich, die inspirierende Arbeitsatmosphäre durch materialistisch-profane Begleittöne zu korrumpieren, als ob er sich auch mit schnöden Zahlen beschäftigen würde, er ist schließlich Human Resources Manager, strategischer zumal. Mit zunehmender Dauer wurde die Veranstaltung immer chaotischer und emotionaler, Neufritz begnügte sich mit dem Zwischenfazit, der Anfang sei gemacht, die Kollegen hätten halt erst einmal einen Aperitif genommen.

Sein Chef, nachdem ihm nun eine Vielzahl äußerst kritischer Stimmen über das Geschehene zu Ohren gekommen sind, betrachtet das Ganze dann doch eher als Digestif. Zumindest gibt es ein abruptes Ende, wie ihn Neuberger kurz und knapp wissen lässt. Für das Projekt ´Endlich agil - der VVSM auf dem Weg zu neuer Kraft, Ausdauer und Frische!`, wie auch für Neufritz selbst als visionärem Human Resources Manager mit Agilitätspotenzial beim VVSM.

Jetzt hat er Zeit, viel Zeit. Kann sich nun wieder um seine vernachlässigten Sozialkontakte kümmern. Und um seine Kraft, Ausdauer und Frische.

Was nicht passt, wird passend gemacht

Morgen wird Frickelberger die Auszeichnung ´Bella Figura` erhalten, verliehen vom Wirtschaftsmagazin ´Managerwerte`. Dieser Preis wird an Führungskräfte verliehen, die nicht nur durch ihre Ergebnisse überzeugen, sondern auch durch Haltung, Stil, ethische Grundsätze und moralisches Handeln, dabei im Auftreten bescheiden und demütig sind, idealerweise flankiert durch ein ehrenamtliches Engagement oder durch großzügige Spenden.

Und obwohl Frickelberger erst 39 Jahre alt ist, hat er bereits einen Geschäftsfeld-Turnaround, eine Umstrukturierung mit mehreren tausend Mitarbeitern, eine Akquisition eines 300 Millionen-Dollar-Umsatz-Unternehmens, eine Vollschließung und ein Gender-Diversity-Projekt gewuppt. Donnerwetter, Frickelberger ist immer wieder selbst angetan von sich und seiner bisherigen beruflichen Lebensleistung!

Es werden Heldentaten der besonderen Art geehrt, für die man bereit sein, die man sich zutrauen muss. Ohne Wagemut, Selbstüberwindung, die Bereitschaft zu Risiken und zu permanentem Lernen, zu Selbstreflexion und -kritik in der Dauerschleife ist das nicht zu machen. Und Prioritäten setzen, nicht verzetteln, wie Frickelberger gerne sich und andere mahnt.

Darüber hinaus legt der Preisträger auch noch größten Wert auf bescheidenes Auftreten. Wenn er (oder besser: seine Firma) etwas spendet, achtet er stets darauf, im Hintergrund zu bleiben, wenngleich ihm schon wichtig ist, auf dem Foto mit dem großen Scheck erkannt zu werden. Aber eben in der hinteren Reihe stehend, gütig und gönnerhaft lächelnd. Bei einer anonymen Spende lässt er gegenüber der Ortspresse gerne durchblicken, dass er gegen den Zusatz „Obwohl der Spender gerne ungenannt bleiben will, ist es uns eine Herzensangelegenheit, Herrn Tobias Frickelberger aufrichtig zu danken …" nichts einzuwenden habe. Natürlich nur, wenn die Redaktion ausdrücklich darauf bestehe. Und bei der redaktionellen Bearbeitung eines ´Personality-Beitrags` über ihn legte er neulich größten Wert auf die Substantive ´Demut, Bescheidenheit und Dankbarkeit`.

Frickelberger findet deshalb, dass er die Auszeichnung ´Bella Figura` zu Recht erhält. So weit, so gut.

Leider findet morgen Abend, zeitgleich zur Preisverleihung, die zweite Halbfinalbegegnung der Fußball-Champions League statt, und zwar unter Beteiligung seines ´Leib- und Seele-Vereins`. Die Partie wird live im Öffentlich-Rechtlichen übertragen, man hat sich kurzfristig über die Lizenzrechte mit den Privaten einigen können. Somit kann auch der aus tiefster Überzeugung Pay-TV-abstinente Frickelberger theoretisch das Spiel live verfolgen, theoretisch. Das erste Mal, seit er denken kann, steht sein Verein im Champions League-Halbfinale und er wird es nicht sehen können, wegen dieser merkwürdigen Verleihungsshow eines noch merkwürdigeren Preises. Sich hinterher das Ganze in einer Aufzeichnung anzuschauen ist nicht dasselbe, der Live-Charakter, das Fieber, das

Leid, die Begeisterung, all das kannst du nur spüren, wenn du live dabei bist.

Er grübelt seit Bekanntwerden der für ihn zugänglichen Liveübertragung, also seit gestern, unaufhörlich über eine passable Ausrede, eine Entschuldigung, die vom Veranstalter, der Öffentlichkeit und seinem Arbeitgeber akzeptiert würde. Das allein ist schon deshalb schwierig aufgrund der Kurzfristigkeit, was die Ansprüche an die Originalität der Begründung ins schier Unermessliche schraubt. Und dieses Fernbleiben muss auch für ihn selbst vertretbar sein, denn einfach davonstehlen mit einer billigen Ausrede, das kommt für einen wie Frickelberger, den diesjährigen ´Bella Figura`-Preisträger, nicht in Frage. Deshalb wäre eine Krankmeldung auch zu durchsichtig und peinlich, schlicht unter seinem Niveau. Dummerweise fällt ihm leider bislang partout keine andere, geeignetere und niveauvollere Ausrede ein. Kurzum: es ist zum Mäusemelken!

Diesen gordischen Knoten hat er auch noch im Kopf, als er die Garderobenauswahl für den morgigen Abend angeht - lustlos. Denn mit jeder geistigen Vorbereitung auf die morgige Preisverleihung entfernt er sich mehr von diesem Spiel, diesem mit Abstand wichtigsten Spiel seiner Karriere, nein, seit seiner Geburt! Er wird es nicht sehen können, ein Drama!

Sein Smoking (Pflicht!) sitzt zu stramm. Er hat über die viele Arbeit seinen Körper etwas vernachlässigt und sich wohl den ein oder anderen Stressgenuss zuviel gegönnt. Nach ´Bella Figura` sieht das leider ganz und gar nicht aus. Er hat nur diesen einen Smoking, wann braucht man so ein Teil auch mal?! Aber morgen, da braucht man es. Schließlich ist seine komplette Geschäftsführung anwesend, von den Top-CEOs und -Consultants, dem ´Who-is-who` der Businessszene, ganz zu schweigen.

Frickelberger fummelt also an seinem Smoking herum, stellt sich seitlich zum Spiegel, betrachtet sich darin, streckt sich, wirft sich in die Brust, macht den Rücken gerade, verrenkt sich fast den Hals bei der Blickverfolgung seiner Drehungen und fällt, ganz seine sich selbst nicht schonende Art, ein vernichtendes Fazit: Diesen Smoking wird er nicht tragen können, er sieht darin aus wie eine Kombination aus Riesenbaby und Presswurst.

Er schaut in den Kleiderschrank, greift seinen edelsten Dreiteiler. Der könnte passen, auch nicht allzu oft getragen. Er zupft hier, spannt dort, geht in die Knie, um die Beinfreiheit zu testen, als es passiert: krack! Ein Geräusch, das in einer mittel- bis hochfrequenten, längst vergessen geglaubten Klangfarbe schlimmste Erinnerungen ins Gedächtnis jagt, Erinnerungen an eine als dickliches Balg erlittene Kindheit, in der gespannte und deshalb häufig gerissene Beinkleider an der Tagesordnung waren, Hänseleien der lieben Freunde eingeschlossen.

Ein alter Zweireiher in einem türkisähnlichen Blau würde noch (oder besser: wieder) passen – vor zehn Jahren hatte er schon einmal eine übergewichtige Phase. Aber dieses Teil sieht scheußlich aus, unmo-

dern bis zum geht nicht mehr, peinlich. Und Zweireiher sind mittlerweile ohnehin etwas für Männer
´sechzig aufwärts`. So langsam keimt in Frickelberger
Hoffnung auf, oder besser: eine Vorahnung auf eine
mögliche Hoffnung, die eine plausible Begründung
für seinen morgigen Absentismus nahelegen könnte.

Aber noch ist es nicht soweit, das ist er der Welt da
draußen und sich und seinen Prinzipien schuldig. Er
probiert sämtliche Anzüge, die er sonst im Büro trägt:
mal ist der Anzug zu häufig getragen (was ihm normalerweise eigentlich egal ist), mal passt die Rolex
nicht gut dazu (ist er sonst auch so pingelig?), dann
sind die braunen Budapester nicht auffindbar (aber
ohne die trägt er diesen einen Anzug nicht, seit neu-
estem, also seit heute, soeben entschieden!). Das vor-
läufige Zwischenfazit lautet: dermaßen derangiert
kann er morgen nicht auftreten, das haut definitiv
nicht hin!

Dann wird er sich wohl einen neuen Anzug kaufen
müssen, morgen, irgendwo zwischen den Terminen
reingequetscht, wird sich wohl unglücklicherweise
noch ein Timeslot finden lassen. Doch die morgige be-
triebliche Auszeichnung der Jubilare kann er, im Gegensatz zu den zurückliegenden Jahren, dieses Mal
unmöglich delegieren, wie sähe das denn aus? Als ob
ihm das nicht wichtig sei, so sähe das aus. „Unsere
Altgedienten sind das Rückgrat unserer Firma.",
klänge noch absurder, als es in der Realität ohnehin
schon ist. Und beim anschließenden Smalltalk bei
Sekt und Schnittchen muss er sich mindestens zwei

Stunden blicken lassen, sonst hätte er gleich der Veranstaltung fernbleiben können. Die kritischen Augenpaare der Veteranen werden ihn aufs Schärfste beobachten, einige von denen warten nur auf seinen Fehltritt, vor allem so kurz vor der Verleihung der ´Bella Figura`. Nein, keine Sekunde wird er früher gehen, eher später, sonst würde es nur allzu sehr nach Berechnung aussehen. Er rechnet hoch: dann sind wir bei 12.30 Uhr, eher 12.45 Uhr, dann muss er auch schon zu der Verleihung, die Fahrt dauert eigentlich nur zwei Stunden, aber die vielen Baustellen! Außerdem ist um diese Zeit immer erhöhte Unfallgefahr. Sein Kollege Brettschneider hat kürzlich die ganze Nacht auf dieser Autobahn zubringen müssen. Besser man kalkuliert die doppelte Zeit, das macht dann vier Stunden. Und dann ist auch schon ´Showtime`.

Also: er kann es drehen und wenden, wie er will, er findet keine Lücke, um mal eben einen Smoking oder edlen Anzug zu kaufen *und* auch noch pünktlich bei der Verleihung zu erscheinen. No way! Und damit hat er einen veritablen, ehrenwerten und vor seinem Gewissen vertretbaren Grund, bei dem er ohne Scham in den Spiegel schauen, den er vor sich rechtfertigen kann. Schließlich hat er alles versucht. Aber was will man machen! Eindeutig: Frickelberger kann morgen unmöglich zur Preisverleihung! Und wenn er denn schon mal verhindert ist, dann kann er auch gleich Fußball gucken!

Bliebe noch das Problem einer Entschuldigung für die Öffentlichkeit, vor allem für den Veranstalter, zumal so kurzfristig. Er hat da eine Ahnung, dass die für

ihn ach so taugliche Begründung die Veranstaltungs-
gäste wohl nicht ganz überzeugen könnte.

Doch Frickelberger wäre nicht Frickelberger und
der diesjährige ´Bella Figura`-Preisträger, wenn er
nicht verstünde, sich auch aus dieser misslichen Lage
zu befreien. Er setzt sich an sein Notebook und
schreibt dem Organisator der Preisverleihung voller
Elan:

„… bedanke ich mich vielmals für die Auszeichnung, bin aber nach zahlreichen schlaflosen Nächten
zu dem Schluss gekommen, dass ich den Preis nicht
annehmen werde, nicht annehmen kann. Es entspricht einfach nicht meiner Art, nach Preisen zu streben. Wir haben in Deutschland fantastische Managerinnen und Manager aus der zweiten Reihe, die Stil-
len und Fleißigen, die diesen Preis vermutlich weit
mehr verdient haben als meine Wenigkeit." Frickelberger ist geflasht von dem, was er da liest, kann sich
gar nicht entscheiden, was ihn mehr begeistert: seine
Bescheidenheit oder seine Originalität. Er wäre für
wahr ein würdiger Preisträger gewesen.

Er schaut auf, denkt nach, findet die an- und ab-
schließenden Worte nicht, schreibt, verwirft, steht
auf, setzt sich wieder hin, quält sich. Dann blickt er
seitlich in den Spiegel, sieht sein Profil, seinen in
Schichten gelegten, gepressten und doch üppig ausla-
denden, nach Freiheit drängenden Bauch, welcher
ihn schwungvoll zum Schlussakkord anheben lässt:

„… Kolleginnen und Kollegen aus der zweiten und
dritten Reihe, die, auch wenn sie weder heute noch

womöglich morgen (fast hätte er noch „Abend" hinzugefügt) in der Champions League spielen, dabei aber schon heute immer eine gute Figur (sic!) machen, trotz aller Problemzonen."

Schuster bleibt bei seinen Leisten

Klaus Schuster, kurz vor der Altersrente stehender kaufmännischer Leiter eines Entwicklers für Software der Leitwartensteuerung ist ein großer Verfechter des Einsatzes moderner Kommunikationsmittel. Was man damit an Zeit und Nerven sparen kann! Vor allem, seit die Digitaltechnik den Siegeszug durch die Büros angetreten hat, ist alles einfacher, effizienter und macht auch mehr Spaß. Früher war alles kompliziert: Die Videokonferenzen waren ohne ausgebildete Radio- und Fernsehtechniker nicht in Gang zu setzen, das Bild wackelte, brach ganz ab, und wollte man parallel Präsentationen durchführen, war das Chaos perfekt. Das Lautsprechersystem der Videokonferenzanlage war zwar gut, es funktionierte nur leider nie. Man musste sich entscheiden: Bild oder Ton. Also opferte man den Ton zugunsten des Bildes, warum saß man schließlich in diesem schmuck- und fensterlosen Raum. Besann man sich halt auf die gute alte Telefonanalogverbindung. Wurden mehr als zwei Standorte zugeschaltet, womöglich noch aus unterschiedlichen Zeitzonen, begann jede Veranstaltung mit mindestens zwanzigminütiger Verspätung, und der Techniker musste immer, wirklich immer, im Zugriff sein, am besten, er blieb gleich im Raum, Vertraulichkeit hin oder her. Dateien wurden deshalb notgedrungen separat versendet, was dazu führte, dass man unendlich viel Zeit für Sätze aufwendete wie: „Von der 12 ausgehend im Uhrzeigersinn landest du rechts oben, zwischen Bildmitte und oberem Drittel, da wo das Tortendiagramm ist, und da drin ist dieser schmale Anteil, der blau hinterlegt ist, obwohl ich nicht weiß, ob man das blau bei diesem Strich überhaupt sieht, also jedenfalls dieser Anteil ist gemeint."

Aber jetzt ist alles einfach, dank ´Performconnect`. Damit kann man alles gleichzeitig machen: auf dem Bildschirm des PCs, Tablets oder Smartphones jedes Teilnehmers eine Präsentation durchführen bzw. von dort diese konsumieren, telefonieren und sich die hübschen Gesichter der Teilnehmer einblenden. Das Ganze bedarf einer einzigen Einwahlnummer, per Mausklick in ´Performconnect` aufrufbar. In der Praxis passiert es leider immer wieder, dass bei einigen Computern mit Marken aus dem fernöstlichen Territorium der direkte Einstieg per einfachem Mausklick nicht funktioniert und man stattdessen über ein Untermenü bzw. zwei zusätzlichen Mausklicks das Programm lauffähig machen muss. Abhilfe für diese Systeminkompatibilität soll es beim nächsten Update geben, der Hersteller arbeitet dran. Schuster beherrscht diese Behelfsprozedur zwar nicht, aber seine Assistentin war da immer superfit, das heißt, sie ist es immer noch, nur leider nicht mehr zu Diensten Schusters. Sie musste im Zuge der Einsparmaßnahmen gehen, Schuster muss jetzt Flüge und Bahntickets selbst buchen und auch eigenständig dieses ´Performconnect` bedienen.

Mellheim, der Infrastruktur-IT-Spezialist, hat Schuster neulich die einzelnen Schritte für den Fall des Falles vorgeführt – alles ganz einfach, weil intuitiv bedienbar. Zur Sicherheit wollte er ihm aber auch noch eine Bedienungsanleitung dalassen, ausgedruckt und für den Notfall.

„Ach was!", hatte Schuster geprahlt, „ich seh´ doch, wie einfach das alles ist, brauch doch keinen Papierkram neben mir. Wir leben doch nicht mehr im vorigen Jahrhundert. Ich komm schon klar, bin ja nicht von gestern, das Digitale ist doch gewissermaßen mein Hobby."

Mellheims erneuter Einwand, es wäre wirklich kein Problem, mal eben die drei Seiten auszudrucken, von denen man eh nur drei Zeilen bräuchte, wurde brüsk abgewehrt: „Wollen sie mich beleidigen? Die Bezeichnung ´Digital Native` wäre für *mich* quasi erfunden worden, wäre ich später geboren."

Nun sitzt Schuster vor seinem Computer, er ist Teilnehmer einer Performconnect-Konferenz, in der es um wichtige Entscheidungen geht, genauer: um die Entscheidung zwischen drei Alternativen für den deutschen Markt der Schleusenbetreiber, welche ihre Schleusen durch das neue Programm einfacher, automatisierter und vor allem menschenunabhängiger und damit sicherer machen sollen. Die zur Diskussion stehenden drei Produkte, von denen eigentlich nur zwei in der engeren Auswahl sind, unterscheiden sich hinsichtlich Bedienkomfort und Preis deutlich. Schuster weiß, dass die konservative Kundschaft nicht bereit ist, einen höheren Preis für ein interaktives Interface mit höherem Bedienkomfort zu zahlen. Die meisten sind kaum in der Lage, ihren Computer unfallfrei zu bedienen, sie präferieren immer noch eine auf Papier gedruckte Bedienungsanleitung, ganz dicht neben sich und in der sie blättern können. Diese virtuelle Menüstruktur ist doch nur allzu verwirrend für die in die Jahre gekommene Klientel. Das trifft sich gut mit Schusters Kalkulationen, denn der enorme Entwicklungsaufwand für die beiden Komfortprogramme müsste einen Verkaufspreis generieren, der kaum konkurrenzfähig ist. Wie gut, dass es bisher nur einen Piloten gibt. Man müsste alles noch teuer entwickeln, Deckungsbeiträge wären auf mittlere Sicht Fehlanzeige. Das Programm mit eingeschränkter Bedienbarkeit dagegen basiert auf einer bereits ausgereiften Version, die Entwicklungskosten sind schon dreimal raus, was die Marge entsprechend erhöht. Eine echte Cashcow, darüber hinaus auch ein echter Megaseller. Was will man mehr. Also ist die Sache eigentlich klar, aber die Chefverkäuferin für den deutschen Markt, Margret Bullkauf, will sichergehen, dass das alle so sehen, bevor man eine teure Relaunchkampagne für das etwas angestaubte Produkt anstößt. Der ´Finanzminister` Schuster soll im Rahmen dieser Konferenz letztlich das finale ´Go` geben.

Schuster ist bereits telefonisch der Konferenz zugeschaltet, hat aber noch Schwierigkeiten mit dem Bild auf seinem Computer, weder die Gesichter der Teilnehmer noch die Präsentation erscheinen. Währenddessen eröffnet Frau Bullkauf die Konferenz. Der Einstieg per einfachem Mausklick ist also wieder einmal fehlgeschlagen, also muss Mellheim helfen.

Mellheim ist aber in Urlaub, wie eine Kollegin auf der anderen Leitung mitteilt, also versucht Schuster es eben selbst. Ist ja angeblich alles ganz leicht, dieses interaktive Interface.

Er hätte vielleicht doch Mellheims Erklärungen aufmerksamer zuhören sollen. Krampfhaft klickt er sich ziel- und wahllos durch die Menüs auf der Suche nach einer Logik, die seiner Hirnstruktur schablonengleich entspricht, aber das chaotische Permanentgeklicke verhindert zum einen eine konzentrierte Suche nach dieser Logik, zum anderen stellt jeder Klick und sein verwirrendes Ergebnis eine neue Überraschung dar, die erst bewältigt werden muss. Es will ihm auch nicht gelingen, das Gesehene mit der Mellheimschen Demonstration überein zu bringen. Hätte er jetzt doch nur die Bedienungsanleitung neben sich, ausgedruckt, auf DIN A4 und zum übersichtlichen, analogen Blättern. Papier, das man in den Händen halten, vor sich ausbreiten und rasch durchblättern kann. Und passend zu Schusters Hirn- und Denkstruktur! Spontan denkt er an eine schwachsinnige Theorie, die er letztens in einem dieser Revolverblätter für Männer gelesen hatte und die sich mit dem Fakt auseinandersetzte, dass Männer keine Bedienungsanleitungen lesen: Männliche Gehirne unterscheiden sich demnach von weiblichen, Geräte und ihre Anleitungen sind nahezu exklusiv von männlichen Hirnen gemacht. Somit gibt es einen triadischen Gleichklang zwischen männlichem Gerätebauer, männlichem Bedienungsanleitungsschreiber und männlichem Endverbraucher. Deshalb denkt der halbwegs intelligente männliche Bediener eines Gerätes strukturgleich mit den anderen beiden Fraktionen, und deshalb entfällt die Notwendigkeit des Lesens einer Anleitung, der logische Kitt hält alles zusammen, fungiert als gemeinsame, generische Sprache. Mit Logik, gleich erdacht, gedacht und angewandt, erschließt sich einem mir nichts dir nichts jedes zunächst noch so komplex und unlösbar erscheinende Problem. Ausnahmen von dieser Regel, z.B. durch unlogische Bedienabfolgen oder chaotische Bedienungsanleitungen, wertete der Autor als die Bestätigung dieser Theorie, er vermutete weibliche oder japanische Urheber hinter dem Problem.

Schuster ist da anders – leider. Er muss unumwunden zugeben, dass er ohne die Bedienungsanleitungen oftmals aufgeschmissen wäre, seine Frau lobt ihn sogar dafür („Dass es noch Männer gibt, die dazu stehen, Bedienungsanleitungen zu lesen. Du bist mein Held, Klausi-Mausi!"), das macht es noch schlimmer. Er versteht diese Logiken der elektronischen Spielgeräte einfach nicht ohne weiteres, und insgeheim hat er so einen Verdacht, dass die Dinger nicht halb so logisch aufgebaut sind, wie sie vorgeben zu sein. Und dass die sie bedienenden Männer das nur nicht zugeben wollen, aus Scham und Angst vor schiefen Blicken ihrer männlichen Konkurrenz.

Das Ergebnis: Er klickt mal hier, mal dort, ohne ein für Außenstehende erkennbares Prinzip, eine Hitzewelle jagt mittlerweile die nächste, zumal ihn das parallele Zuhören vor echte Herausforderungen stellt. Die Zusicherung der sieben anderen Teilnehmer, dass die Technik super funktioniere und alles ´up and running` sei, verunsichert Schuster zusätzlich. Ist nur *er* der Depp? Was macht er falsch?

„Herr Schuster, was denken sie? Sie sind die ganze Zeit so still. Was sollen wir machen?" Hätte er doch eben nur besser zugehört, seine Aufmerksamkeit uneingeschränkt, wenn schon nicht der Präsentation, dann doch wenigstens den Worten gewidmet. „Hm, Frau Bullkauf, gute Frage, sehr gute Frage, wie war die noch gleich?"

„Herr Schuster, haben sie nicht zugehört? Ich benötige ihre Einschätzung zu Seite neun der Präsentation."

Jetzt ist es zu spät, Schuster kann unnötig sagen, dass er die letzten fünfzehn Minuten nichts Zusammenhängendes mitbekommen hat, weder schriftlich noch mündlich. Ebenso peinlich wäre das Eingeständnis, dass er die Technik nicht im Griff hat.

„Und was genau benötigen sie jetzt von mir?"

„Na, ob wir Alternative A, B oder C wählen sollen!"

Wenigstens hat er nun eine Ahnung, was von ihm konkret verlangt wird. Mit Mut zur Lücke geht er ans Werk: „Oho, die Sache ist doch ziemlich klar: Option B natürlich."

Schuster hofft inständig, dass diese Option B die richtige, von ihm und den Kollegen favorisierte Cashcow-Rudimentär-Version ist.

Bisher waren die Teilnehmer ´on mute`, doch plötzlich schalten sich gleich mehrere Kollegen gleichzeitig zu. Heinbarth setzt sich im chaotischen Stimmengewirr durch und ergreift das Wort: „Aber Klaus, wir hatten uns doch klar abgestimmt und waren uns einig, dass die Komfortvariante nicht in Frage kommt. Kein Kunde würde uns Alternative B abkaufen, nur C ist preislich konkurrenzfähig und entspricht den Nutzergewohnheiten. Wir haben es mit Schleusenwärtern und Hafenmeistern, zu tun, die fahren VW und nicht Bentley, das waren doch deine Worte, das hast du uns Verkäufern doch immer eingetrichtert!"

Doch Schuster kann sich geistesgegenwärtig aus der Umklammerung befreien. Mit der Maus den Knopf mit dem roten Telefon klickend, verabschiedet er sich grußlos und fluchtartig aus der Konferenz.

Schnell wählt er Heinbarths Mobilfunknummer: „Hallo Frank, du, es gibt da scheint´s ein technisches Problem. Bin aus der Konferenz geflogen. Die Akustik war die ganze Zeit miserabel. Hattet ihr B oder C verstanden? Ich hatte C gesagt, aber irgendwie ist da wohl was falsch rübergekommen, das habe ich noch mitgekriegt. Also, es bleibt natürlich bei C. Alles klar. Ja, grüß die anderen. Tschüssikowski."

Und so ist Klaus Schuster nahezu vollständig im digitalen Zeitalter angekommen. Auf seine Art. Ohne Mellheim. Und ohne seine Assistentin. Und erst recht ohne papiergedruckte Gehhilfen. Ein bisschen stolz ist er schon auf sich, das muss er zugeben.

Neumann macht sie alle platt

Hinnerk Neumann genießt den Ruf eines Sanierers, der Firmen in auswegloser Lage gesundschrumpft und bestmöglich verkauft, kurzum: das Beste aus einer verfahrenen Lage macht. Sitzt man ihm vor seinem Schreibtisch gegenüber, fällt der Blick ohne Umschweife auf einen Marmoraufsteller, darauf die Inschrift: Veni, Vidi, Vici. Da weiß man gleich, was das Stündlein geschlagen hat. Ein weiteres Motto, das ihn Zeit seines Berufslebens begleitet hat, lautet: „Was nicht passt, wird passend gemacht."

Die Aufrecht KG weiß nunmehr, was es bei Neumann damit auf sich hat. Denn es war einfach zu dumm, dass dieses Unternehmen, zu dem Neumann vor einigen Jahren stieß, überhaupt kein ernsthaftes Problem hatte. Der Laden brummte. Die Umsätze waren auf Rekordniveau, die Investitionen hatten sich mehr als rentiert und die Zukunftsfelder wurden mit glücklichem Händchen goldrichtig ausgewählt. Das alles war sogar mit einer um zehn Prozent verringerten Belegschaft gelungen. Alles war gut und schien gut zu bleiben, mittelfristig jedenfalls, soviel war sicher. Doch dann kam Neumann.

Okay, sie suchten einen COO und zukünftigen Nachfolger des CEO, einer, „der die internen ´Operations` mal so richtig auf Vordermann bringt", wie Heinz-Herbert Aufrecht, alleiniger Geschäftsführer und Firmeninhaber der zweiten Generation das formulierte. Die Gelegenheit war nun mal günstig, da Rupert Herrlich, der sich mit dem wenig hippen Titel des ´Leiters des Verwaltungswesens` schmückte (von den Kollegen oft gemeinerweise als ´Verwaltungsverwesen` diskreditiert), nun in den vorzeitigen Ruhestand geschickt werden konnte. Und Heinz-Herbert Aufrecht wusste und weiß, dass man trotz aller Erfolge den Anfängen wehren muss. Die Belegschaft war doch recht träge und sich des Erfolges allzu sicher, es mangelte ein wenig an Fighting Spirit und vielleicht – so seine Vermutung – an strafferen Abläufen. Ein frischer Wind, einer, der die Belegschaft wachhält, ohne allzu viel Schaden anzurichten, konnte da jedenfalls nicht schaden. Die Kunst ist doch generell, Neues und Frisches einzuführen, ohne Altes und Bewährtes zu zerstören. Außerdem konnte etwas Entlastung seiner selbst – schließlich war er bereits im Rentenalter – nicht schaden. Und deshalb war die Verpflichtung Neumanns auch eine gute diagnostische Basis, ihn als möglichen Nachfolger in der Rolle des Geschäftsführers zu testen. So oder so ähnlich hatte Aufrecht das Neumann bei ihren Kennenlern- und Vertragsgesprächen auch vorgetragen, aber jetzt, drei Jahre und acht Monate später, ist er sich sicher, dass Neumann wohl Teile dieser Konversation missverstanden haben muss.

Denn Neumann legte gleich los als gebe es kein Morgen. Schon in der ersten Woche hielt er sich gar nicht erst lang mit umfangreichen Recherchen auf, sondern praktizierte seinen unvergleichlichen ´Veni-

Vidi`-Führungsstil (zum ´Vici` war es selbst für Neumann noch zu früh, das brauchte noch etwas).

„Was ihnen, also uns, fehlt, sind straffere Abläufe. Wir streichen zehn Prozent des Personals und kappen mindestens eine Führungsebene. Wie klingt das?"

„Aber wir haben doch erst kürzlich schon mehr als fünfzehn Prozent entlassen, darunter durchaus auch gute Leute. Wir kriechen auf dem Zahnfleisch bei all den Zusatzgeschäften und dieser Arbeitsverdichtung. Außerdem haben wir doch überhaupt kein Kostenproblem!"

„Noch nicht, aber wenn wir so weitermachen, sicher bald. Zehn Prozent gehen immer. Und eine Ebene weniger fördert die direkte Kommunikation und schärft die Verantwortung."

Neumann brachte auch gleich Top-Leute von außen in die Firma, ein paar Altgediente und Ikonen des vergangenen und vergänglichen Firmenerfolgs mussten halt dran glauben. ´Das Marktplatz-Prinzip`, klassifizierte Neumann das effektheischende, öffentliche zur Schau stellen seiner Exekutionen treffsicher. Sollten alle sehen, wie es einem im Zweifel geht, ´Hang `em higher`, bloß nicht zu sicher fühlen, mit etwas Paranoia im Nacken lebt es sich agiler und wachsamer. Neumann glaubte auch zu wissen, welche Geschäftsbereiche rentabel und welche Verlustbringer sind. Dabei verließ er sich nicht auf die Berichte des Controllings, „zu politisch, zu kompliziert" lautete sein wenig schmeichelhaftes Fazit über die Qualität des eigenen Staffs. Sein Bauch sei zuverlässiger, da wisse er, was er hat, damit sei er immer gut gefahren.

Als sich herausstellte, dass die Neuerungen womöglich doch etwas zu disruptiv für das Unternehmen angelegt waren und die Aufrecht KG das erste Mal in siebzig Jahren Verluste schrieb – nach einem Umsatz- und Gewinnrekord noch im Vorjahr – lief Neumann zur Hochform auf.

„Sie haben mich geholt, um ihre Firma auf Vordermann zu bringen, und das werde ich tun!", lautete seine stramme Prophezeiung gegenüber Heinz-Herbert Aufrecht.

Neumann schaffte es durch weitere Personalreduktionen die Kosten und somit die Verluste zunächst zu reduzieren, von ihm erst kürzlich neu akquirierte und aufgebaute, aber leider unprofitable Geschäfte gegen hohe Wertberichtigungen wieder los zu werden und durch die Verpflichtung von fast einem Dutzend ihm nahestehender Controllingfreaks die Richtigkeit seiner Bauchanalysen zu bestätigen. Leider wurden durch die letzte Maßnahme die Kosten unter dem Strich wieder signifikant in die Höhe getrieben. Am Ende des zweiten Jahres unter Neumann waren die Kosten gestiegen, der Cash Flow zurückgegangen, die Umsätze um dreißig Prozent geringer. Das operative Ergebnis fiel erneut negativ aus, das zweitschlechteste nach dem schlechtesten des Vorjahres, was Neumann als Bestätigung seiner erfolgreichen Arbeit wertete, schließlich sei der Mini-Abwärtstrend gebrochen, es gehe wieder aufwärts, keine Frage.

Als im dritten Jahr die Kreditgeber das Vertrauen verloren, notwendige Akquisitionen platzten und Investitionen auf Eis gelegt werden mussten, als deshalb ein größerer Liquiditätsengpass aus eigenen Stücken überbrückt werden musste, blieb nichts weiter übrig als weitere Firmen und Geschäftsbereiche – meist unter Buchwert – zu verkaufen. Immerhin konnte man jetzt dadurch den durch die Misere notwendig gewordenen Sozialplan finanzieren, der bei einem Abbau von weiteren vierzig Prozent der Belegschaft ziemlich kostspielig geriet.

Das vierte und letzte Jahr des Wirkens Neumanns, dem ein überforderter geschäftsführender Gesellschafter Aufrecht tatenlos zusah, wurde sein Meisterstück. Er suchte und fand einen Privat Equity Fonds, der bereit war, dem Gesellschafter dreißig Prozent des Preises des Firmenwertes von vor drei Jahren zu bezahlen. Angesichts der drohenden Zahlungsunfähigkeit war das alternativlos. Ein Weiterführen der Firma wäre betriebswirtschaftlicher Selbstmord gewesen, hatte sie doch eine kritische Größe unterschritten, war zu groß als Spezialist (und dazu mittlerweile ohne echte Spezialprodukte) und zu klein als Vollsortimenter in einem zunehmend aus Konglomeraten bestehenden Markt, der die ruinösen Preise diktierte.

Neumann war der festen Überzeugung, das Beste aus der kritischen Situation gemacht zu haben. Er verstand deshalb auch nicht, dass er nicht nur fristlos entlassen, sondern auch nach mit Zivilklagen des Gesellschafters (Schadensersatz wg. Geldverbrennens und vernachlässigter Berichtspflichten) verfolgt wurde.

Heute sitzt Neumann vor Lurchardt, einem Personalberater auf der Suche nach einem CEO für die Lifeline GmbH, einem Topunternehmen mit Zukunft in der Kosmetikbranche. Neben Wachstum soll es auch um Struktur- und Ablaufoptimierung sowie strafferem Kostenmanagement gehen.

Neumann hört sich sagen: „Als ich zur Aufrecht KG kam, war die Bude substanziell am Ende, aber mental gedopt. Keiner hatte die Zeichen der Zeit erkannt, alle waren noch bekifft und berauscht von der Party, die aber längst zu Ende war. Also habe ich ein Ende mit Schrecken favorisiert. Alle erzählten sich Geschichten wie aus dem Poesiealbum - schön zu lesen, aber eigentlich hohles Gewäsch. Ich hatte die unangenehme Aufgabe, das Beste daraus zu machen. Und ich war der Einzige, der den Ernst der Lage begriffen hatte. Aber niemand wollte das hören. Was soll ich sagen: ich habe es tatsächlich geschafft, durch einen radikalen Sparkurs die drohende und sich unvermeidlich abzeichnende Insolvenz zu verhindern und dem Gesellschafter noch einen schönen Preis zu sichern. Mehr war nun wirklich nicht drin."

Nach dem Gespräch ruft Lurchardt hochzufrieden nicht bei seinem Auftraggeber, der Lifeline GmbH, sondern vertraulich bei seinem ´Sidekick` Sigmar Engelkirch an, seines Zeichens milliardenschwerer Finanzinvestor und Inhaber einer schier unüberschaubaren Zahl an Firmenbeteiligungen und Hedgefonds mit Sitz vorzugsweise in Ländern mit tropischem oder westalpinem Klima. Die Lifeline GmbH fehlt ihm noch im Portfolio, noch. War bislang zu teuer.

„Ich kann Entwarnung geben, für mich gibt es keinen Zweifel, er ist genau der Richtige. Die Idealbesetzung für die Lifeline GmbH, also für einen niedrigen Verkaufspreis in, sagen wir, zwei Jahren."

Solid-Max-Heinz

Männer mit Rückgrat, die sich etwas trauen, die in kritischen Phasen Mut beweisen und in ihrer Urteilsfähigkeit den anderen weit überlegen sind, von denen gibt es nur wenige.

Da gibt es die Hasardeure und Spieler, die Sturköpfe, die Aktionisten und die Defensivkünstler. Kennzeichnend für die allermeisten dieser Typen ist ihre mangelnde Flexibilität: einmal Spieler, immer Spieler, einmal konservativ-ängstlich, immer konservativ-ängstlich.

Ganz anders Heinz Pauer. Er weiß als Senior Director für den M&A-Bereich die Dinge richtig zu deuten, er recherchiert sauber, lässt sich nicht von Emotionen leiten und trifft seine Entscheidungen kühl und rational – und situationsangemessen flexibel. Dabei orientiert er sich an dem von ihm selbst erfundenen ´Solid-Max-Prinzip`, eine Kreuzung aus solider, Risiken vermeidender Abwägung und dem beherzten Ergreifen erstklassiger Kaufgelegenheiten.

Heinz ist sich bewusst, dass eine übertrieben abgesicherte Position keinen signifikanten Erfolgsvorsprung, auch nicht gegenüber Kollege, Firmensyndikus und Konkurrent Laschbaum, bringen wird. Er muss etwas riskieren, sonst wird das nichts mit dem nächsten Karriereschritt.

Heinz ist mächtig stolz auf seinen ´Solid-Max`-Weg und hat ein bisschen Sorge, dass eine übermäßig selbstbewusste Zurschaustellung dieses Prinzips womöglich viele Nachahmer nach sich ziehen könnte. Deshalb hat er seine anfänglichen, vielleicht etwas zu wichtigtuerisch zum Besten gegebenen Kaffeeküchenerläuterungen gänzlich eingestellt, man weiß ja nie. Das Gute am ´Solid-Max-Prinzip` ist, dass es sich hierbei um einen „Rennwagen handelt, der beherrscht werden will. Man wird auch nicht automatisch Formel1-Weltmeister, nur, weil man das schnellste Auto hat. Man muss es schon beherrschen." Heinz lässt Kollegen und Konkurrenten grundsätzlich gerne beiläufig Einblick nehmen in seine ´fahrerischen` Fähigkeiten, denn „ihr könnt wohl eh nichts damit anfangen".

Denn die meisten urteilen nicht, sondern zeigen lediglich ein erratisches Sprungverhalten, mit dem sie, bei einer 50:50-Chance, mal richtig und mal falsch liegen.

Heinz hat nun einen dicken Fisch an der Angel. Die Burgund Wein & Sekt Kontor GmbH, kurz BWSK, soll von seinem Arbeitgeber, der United Bottled & Craft, kurz UBC, gekauft werden. Zumindest hat seine UBC ernsthaftes Interesse an dem Deal, vorausgesetzt, die Konditionen stimmen und die Due Diligence fördert keine gewichtigen Belastungen zutage. Gelingt der Deal, winkt Heinz der Job des Sprechers der Geschäftsführung beim akquirierten Unternehmen. Das ist Heinz´ Traum seiner schlaflosen Nächte: Geschäftsführer, und dazu noch Sprecher! Sein Job als ´M&A-Muckel` (Heinzens eigene Etikettierung) geht ihm schon länger auf den Keks. Aber Heinz lässt sich dadurch in seinem Urteilvermögen nicht einschränken, weiß er doch, dass die BWSK nicht ohne Grund zum Verkauf steht, die Produkte nicht mehr der Renner sind und die Kostenstruktur nicht wirklich zur Ertragssituation passt. Und als Geschäftsführer würde er sich schließlich auch Nachteile einhandeln, von wegen Organhaftung und so. Aber geil wäre es schon. Dennoch: Heinz wird sich bei seiner ´Daumen hoch – Daumen runter`-Entscheidung keinesfalls von seinen eigenen Begehrlichkeiten leiten lassen wird, er ist schließlich Profi.

Aber mal ganz ehrlich: die Produkte waren mal 1A, also warum sollte man das nicht wieder hinkriegen, mit ein bisschen Marketing, den Vertrieb flott gemacht, die Produkte zielgruppenspezifisch angepasst. Und das mit den Fixkosten kann man regeln, wofür gibt es Sozialpläne, die Kriegskasse seiner UBC ist für solche Zwecke sicher gut gefüllt. Schließlich, und das ist vielleicht das entscheidende Argument, würde die neue, nach dem Zusammenschluss um fast vierzig Prozent gewachsene Firma bzgl. des Umsatzes zum größten Player der Branche aufsteigen. Eine dominante Marktmacht gegenüber den Zulieferern wäre die Folge. Was sind demgegenüber schon die vielen Rechtsstreitigkeiten, die im ungünstigsten Fall die Firma ruinieren könnten. Wer geht denn schon vom Schlimmsten aus?! In ´Solid-Max` steckt schließlich auch ´Max`. Dass die Banken bald zwei Megakredite der BWSK fällig stellen, tja, so ist es halt, wenn man eine Firma kaufen will, irgendeinen Haken hat das immer.

Hatten seine Chefs nicht immer von bedingungslosem Wachstum gesprochen? Aber sonst ist kein Mitbewerber auf dem Markt, die BWSK ist die einzige Firma dieser Größenordnung. Und mit Kleinkram gibt sich die UBC erst gar nicht ab – und Heinz sowieso nicht. Also bleibt nur diese etwas angerostete und verstaubte Perle, die es gründlich nachzupolieren gilt. Und wie aufregend das wäre, wie exzellent er das bewerkstelligen könnte! Aber das spielt, wie gesagt, bei der Urteilsfindung überhaupt keine Rolle.

Die entscheidende Geschäftsführungssitzung, bei der über den Kauf entschieden werden soll, wird von Heinz wie üblich nach dem ´Solid-Max-Prinzip` vorbereitet. Nach seiner sorgfältigen, nüchternen und unemotionalen Abwägung der Vor- und Nachteile, der Chancen und Risiken, geht die Sache unentschieden aus. Eine Art Penalty-Schießen, ein Tiebreaker muss her. Heinz kommt auf eine geniale Idee, er führt Gewichtungen ein. Multipliziert die nachteiligen Faktoren mit einem kleineren Gewicht als die vorteiligen. Hilfreich ist ihm dabei ein etwas komplizierter Algorithmus, den hatte er aus alten Excel-Tabellen früherer Akquisitionsprojekte übernommen. Die Kalkulation hatte er schon damals nicht recht verstanden. Aber sie kam vom Controlling, sollte also stimmen. Er hätte auch einen Algorithmus wählen können, der die vorteiligen Faktoren niedriger gewichtet, auch vom Controlling. Da ist ein Ausweg aus dem Dilemma, dass er die Logik dieser Berechnung noch weniger kapiert. Da bleibt er lieber bei der ersten Variante. Wie gut, dass Heinz Pauer ein Vernunftmensch ist, auch, was seine eigenen Limits anbelangt. Das garantiert ihm eine realistische Einschätzung der Verhältnisse, schützt ihn vor fataler Unter-, aber auch Überschätzung von Gefahren, nur so überlebt man, die Realität darf nicht geleugnet werden, siehe das Artenüberleben und -sterben über Jahrmillionen. Er fügt die Multiplikatoren also in die Spalten ein, wartet auf das Ergebnis und …: Ha, Kauf empfohlen! Als ob er es geahnt hätte!

Vor der kaufentscheidenden Sitzung lässt Heinz schon einmal sicherheitshalber und zur Vorbereitung der Geschäftsführung seine Kaufempfehlung durchdringen. Als er zur Besprechung hereingerufen wird, stellt CEO Buchmann gleich zu Anfang klar:

„Herr Pauer, wir danken für ihre Ausarbeitung. Jedoch hat sich Herr Laschbaum in seiner Eigenschaft als unser Jurist mal die rechtlichen Gefahren und Verbindlichkeiten angeschaut und daraus eine Terminliste der Fälligkeiten aus den Schadensersatzklagen sowie Krediten erstellt. Was soll ich sagen, die Sache ist klar und einfach: selbst bei einigermaßen glimpflichem Ausgang der Rechtsverfahren ist die BWSK pleite und die UBC noch dazu. Das ganze Gefasel über Chancen und Potenziale führt nicht weiter, das sieht doch ein Blinder mit Krückstock. Der Laden ist chronisch überschuldet, hat ein Cash-Problem und reißt uns voll mit rein. Never ever werden wir die BWSK kaufen."

Und wenig später in Buchmanns Büro:

„Mensch Pauer, angesichts dieser Peinlichkeit, dieses einfachen Stockfehlers kann ich sie auf ihrer jetzigen Position nicht mehr halten. Meine Kollegen haben sie anschließend in der Luft zerrissen. Aber da sie von der BWSK derart überzeugt sind, hab´ ich sie, weil ich so etwas schon geahnt habe, bei meinem Kollegen von der BWSK, den ich von den Rotariern kenne, als Geschäftsführer empfohlen. Ein echtes Himmelfahrtskommando zwar, aber sie sind ja offensichtlich von den Erfolgsaussichten der BWSK überzeugt."

Heinz Pauer beschließt, sollte es etwas werden mit der Geschäftsführung bei der BWSK, das ´Solid` zu entfernen und nur noch vom ´Max-Prinzip` zu sprechen. Sonst sieht er keine Chance, diesen maroden Laden zu retten. Man sieht ja, wie weit man mit solider Abwägung kommt.

Ein Projektleiter, der Zitronen faltet

Jonas Traudegut hat eigentlich keine Chance. Aber gerade deshalb ergreift er sie. Seine Bewerbung um die Stelle des Gesamtprojektleiters, welche einer stattlichen Zahl von fünfzehn Projektleitern übersteht, ist deshalb ziemlich aussichtslos, weil der Favorit, Norbert Ganzauge, sehr gut mit dem Geschäftsführer Operations kann, Friedebert Schnauf, dem zukünftigen Chef. Und das ist noch untertrieben, denn Schnaufs und Ganzauges Karrieren sind wie Pat und Patachon, Laurel und Hardy, Don Camillo und Peppone. Immer, wenn der eine den nächsten Schritt macht, zieht der andere mit. Man munkelt, sie hätten bereits diverse Urlaube miteinander verbracht und ihre Ehefrauen seinen auch sehr dicke miteinander. Doch die Zeiten haben sich geändert, Legal Compliance hat Einzug gehalten, selbst bei der in Köln beheimateten Longerich KG. So hat der kölsche Klüngel an den Türen des Beirates keinen Einlass gefunden, bis jetzt jedenfalls nicht. Und deshalb wittert Traudegut eine faire Chance, aber nur, wenn er sich mächtig ins Zeug legt, wenn er doppelt so überzeugend ist wie Ganzauge.

Zur Objektivierung der Auswahlentscheidung wurde beiden Kandidaten die Aufgabe gestellt, eine Präsentation über die Zukunft des hiesigen Projektmanagements zu halten - „Wegweisendes Projektmanagement - Chancen, Risiken und Herausforderungen der Longerich KG", lautet die etwas sperrige Vorgabe. Das Problem der Longerich KG ist nämlich, dass die Projektleiter zwar auf dem Papier die Verantwortung für den Projekterfolg haben, in Wahrheit aber andere Player über das Wohl und Wehe des Projektes entscheiden: Entwickler, Einkäufer, Vertriebler, Controller, Logistiker, Werkleiter, Geschäftsführer. Die Projektleiter sind ob ihrer geringen Vollmachten sehr frustriert, viele sind gegangen. Die neue Stelle soll es nun richten, wie, das weiß aber keiner so genau, der zuständige Geschäftsführer Schnauf am allerwenigsten.

Traudegut will in seiner Präsentation gleich einen frisch-saloppen Einstieg vornehmen, indem er die erste Seite nach dem Titelblatt mit einem Zitat schmückt, das, stand-alone, Eindruck machen soll: „Wer glaubt, dass ein Projektleiter ein Projekt leitet, glaubt auch, dass ein Zitronenfalter Zitronen faltet."

Traudegut hat aus zwei gewichtigen Gründen lange mit sich gerungen, ob er das Zitat bringen soll: zum einen ist der Spruch recht bekannt und wohl ziemlich ausgelutscht, was die Wirkung schwächen, wenn nicht gar ins Gegenteil verkehren könnte. Zum anderen ist Ironie, auch wenn sie gut ist und die Wahrheit über die Zustände bei der Longerich KG ziemlich präzise abbildet, immer gefährlich. Nach langer Abwägung schließlich, so sein Fazit, ist dieses Zitat aber immer noch zu gut und bezogen auf die Longerich KG zu passend, um es nicht zu bringen. Sollte sich jemand auf den Schlips getreten fühlen und dies als persönliche Kritik verstehen wollen: bitte, dann gibt es halt etwas zu debattieren, dann kommt Leben in die Diskussion.

So steht er nun vor der Geschäftsführung, beobachtet ihre Mienen, vor allem, als er rasch die Titelseite überblättert und zu seinem Zitat kommt:

„Wer glaubt, ein Projektleiter würde Zitronen falten, glaubt auch, dass ein Zitronenfalter ein Projekt leitet."

Nach einem – gefühlt - Stunden dauernden Moment der Schockstarre, in dem sich Irritation, Überraschung, Entsetzen, Fragezeichen zu einer explosiven Melange vermengen, in dem man (und jetzt auch Traudegut) immer wieder überrascht ist, dass ein vollständiger Gedanke in ein Millisekundenzeitfenster passt und sogar zu Ende gedacht wird („Verfluchter Mist, der Assistent, er muss bei der Bearbeitung die Textbausteine verwechselt haben. Wie oft habe ich ihm gesagt, er solle sich mehr konzentrieren, seine Arbeit immer nochmals kontrollieren, er mache zu viele Flüchtigkeitsfehler. Ich werde ihn umbringen, soviel steht fest. Aber warum habe ich den Foliensatz nicht noch mal überprüft, ich Idiot, ich gottverdammter Vollpfosten?"), ist Traudegut wieder im hier und jetzt. Er hofft inständig, dass die Zeit zu kurz war, als dass ein Sitzungsteilnehmer alles vollständig gelesen haben könne. Wohl eher unrealistisch, wenn nur einer der Geschäftsführer es gesehen hat, wird er Traudegut in der Nachbesprechung in der Luft zerreißen. Welch ein Missgeschick, jetzt nur die Ruhe bewahren.

Und so klickt er einfach weiter, ohne das soeben Gezeigte auch nur mit einer Silbe zu erwähnen, und jeglichen Blickkontakt mit den Gesichtern vor ihm meidend. Er schreitet unbeirrt, nahezu mechanisch in seinem Vortrag fort, tut so, als ob es die Seite 2 gar nicht gegeben hätte. Seine Stimme ist die eines Dritten, er steht neben sich, krampft sich an seinen Slides fest, an Buzzwords wie „Disruption" und „geistige Wachheit", spricht von „Paranoia als Schlüssel zum Erfolg, der unstillbaren Gier nach Perfektion", von dem „Opfer, das man bringen müsse", „der Härte gegen sich selbst" und schließlich von der „knallharten Messung der eigenen Performance gegen objektive, extrem anspruchsvoll definierte Zielkriterien". Nur den nötigsten Blickkontakt haltend, schließt er mit den Worten: „Ich danke für ihre Milde und Gnade" (eigentlich wollte er schlicht ´Aufmerksamkeit` sagen), schnappt seinen Laptop und verlässt den Raum fluchtartig. Welch eine Blamage!

Die kommenden Tage sind zäh, beschwert von der Scham und der Ungewissheit über seine Zukunft bei der Longerich KG. Es geht ihm längst nicht mehr um die vakante Position, er wäre schon froh, wenn er angesichts seines peinlichen Auftritts wenigstens seinen momentanen Job behalten und im Unternehmen bleiben dürfte.

Traudegut sitzt nun voller Anspannung im Büro von Friedebert Schnauf. Gleich werden sein Richter und sein Henker in Personalunion erscheinen. Er hofft, dass Schnauf es kurz macht und sein Leiden verkürzt. Er hört Schnauf mit ernstem Gesichtsausdruck und sonorer, dabei mahnender Stimme beginnen:

„Wir sind froh, gehört zu haben, dass sie nicht auch noch von uns erwarten, dass ein Projektleiter Zitronenfalter leitet."

Traudegut wusste es, Schnauf streut gleich Salz in die Wunde.

Nach einer gefühlten Ewigkeit prustet es kindisch aus Schnauf heraus, er scheint offensichtlich begeistert zu sein über seinen fiesen Einstieg. Er fährt fort, jetzt etwas gelöster:

„Wir waren überrascht, wie sie das berühmte Zitat, das in meinen Augen in der Ursprungsversion schal und mittlerweile wenig originell ist, durch Umstellung seiner Bestandteile in einen völlig anderen Wirkzusammenhang gestellt haben. Sie wollten wohl unsere Irritation, unseren Widerspruch provozieren. Dieses Ziel haben sie jedenfalls mehr als erreicht."

´Ja, sag es schon, es war ein Griff ins Klo.`

„Dadurch waren wir ganz bei ihnen und haben ihren Vortrag kritischer und interessierter verfolgt, als hätten sie das Zitat im Original verwendet oder weggelassen. Und genau das ist es, werter Herr Traudegut, auch im übertragenen Sinne, auch im Sinne eines Era Change für das Projektmanagement unseres Hauses: ..."

Traudegut versteht nun gar nichts mehr.

„Wir müssen bereit sein zur Irritation, die Brüche wollen, das Unbequeme, nur so kommen wir weiter. Raus aus der Komfortzone, das ist die Message ihres fast schon künstlerisch verfremdeten Zitats, ihrer Präsentation und ihres Konzepts gewesen! Dazu ist es notwendig, Altbekanntes in einen neuen Zusammenhang zu stellen, ja, ich sage bewusst, dem Alten gehört die Treue gehalten. Aber nicht, indem wir einfach im gewohnten Trott weitermachen. Nein: indem wir es runderneuern, recyclen, aufpeppen, relaunchen. Nachhaltigkeit ist das Zauberwort! Nicht immer nur ständig Dinge neu erfinden, immer neue Säue durchs Dorf jagen, dabei aber niemals nachhaltig managen, Ressourcen immer nur verschwenden durch rastlose Hatz nach dem immer neuen Modeerscheinung, Guru-ähnlichen Heilsverkündungen, ohne Unterlass – und ohne Erfolg."

Und in gelöster, fast schon aufgekratzter Stimmung schließt Friedebert Schnauf, während er seinem fassungslosen Gegenüber streng in die Augen schaut:

„Sie haben uns jedenfalls mächtig beeindruckt mit ihrem mutigen, fordernden und in sich geschlossenen, stimmigen Vortrag. Von Anfang bis Ende. Wie aus einem Guss. Mit Mut zu Brüchen und höchsten Ansprüchen an sich selbst. Sie müssen bloß noch etwas selbstbewusster auftreten, sie wirkten etwas gehemmt, aber das kriegen wir schon hin. Mit ihnen glauben wir jedenfalls in ein neues Zeitalter des Projektmanagements der Longerich KG vorstoßen zu können."

Traudegut ist sprachlos, er spürt schon die Ohnmacht bei der Ausübung seiner neuen Berufung, wird bereits erdrückt von der Last der Verantwortung,

welche sich in Schnaufs Schlussworten zu Bleige-
wichten auf dem Rücken eines Marathonläufers steigert:

„Und wer weiß, vielleicht kommen wir mit ihnen
eines Tages tatsächlich an den Punkt, wo ein Projektleiter der Longerich KG sogar Projekte leitet."

Einfach zu gut

Manfred Heimers ist ein glänzender Redner und Dialektiker. In seiner Jugend war er Vorsitzender des Debattierclubs seiner Schule und lernte vor allem, Massen mitzureißen und sich in Dialogen wortgewaltig aus schier aussichtslosen Situationen zu befreien. Mit Fleiß und Talent baute er seine Könnerschaft stetig aus, die Beschäftigung mit den großen Rhetorikern und Dialektikern der Antike bildete den soliden Unterbau. Er ließ nichts aus, selbst Göbbels und Hitler dienten ihm als durchaus interessante Anregung. Er lernte dabei, nicht nur auf Ratio und Logik zu setzen, sondern im entscheidenden Augenblick auch das Schauspielerische, die übersteigerte Emotion perfekt einzusetzen. Und, ganz wichtig, es echt und authentisch aussehen zu lassen. Gefürchtet war seinerzeit sein endloses und von ihm zur Perfektion weiterentwickeltes ´Fragestakkato`, von beispielsweise „Wer sind wir denn?", über „Wo kommen wir denn da hin?", bis zu „Sind wir mehr wert als der Wurm?".

Mit dieser Technik verstand es Heimers, noch jedem Antipoden den Wind aus den Segeln zu nehmen und seine Zuhörerschaft ermattet und verstummt, mithin besiegt, zurückzulassen.

Diese harte Schule kommt ihm bei seiner heutigen Tätigkeit sehr zugute. Sie ist unbestreitbar der kleine, aber feine Unterschied zwischen ihm und der grauen

Masse der anderen, eher mittelmäßigen Manager, v.a. zwischen ihm und Horstmann.

Richard Horstmann und er sind wie Ying und Yang. Horstmann ist überhaupt nicht schlagfertig, redet kaum, zitiert Sätze wie „Entscheidend is auf'm Platz", sprudelt nur, wenn er wiederholt von einem seiner vielen selbst durchgeführten Umbauten seines Sechzigerjahre-Hauses berichtet, deren Zahl laut Heimers' Schätzung mittlerweile in das doppelte Dutzend gehen muss. Horstmann versteht sich persönlich ausgezeichnet mit vielen Betriebsratsmitgliedern, auch bei der Kollegenschaft ist er beliebt. Seine Vorgesetzten jedoch schätzen ihn nicht sonderlich, würden Heimers jederzeit vorziehen, wie Heimers aus sicherer Quelle weiß. Zu kumpelig, zu weich, zu gemütlich, zu konfliktscheu und so ziemlich das Gegenteil von smart. Heimers teilt sich mit Horstmann den Personalbereich für das Industrial Engineering, Heimers hat den Süden, Horstmann den Norden. Heimers' Verhandlungsstärke und -härte hat wohl den Ausschlag gegeben, die dringenden Umstrukturierungen zunächst im Süden, quasi als Pilot, zu beginnen. Heimers fühlt sich geschmeichelt, dass er diese Schneise schlagen und den Weg frei machen soll als informeller Leader, als Taktgeber, als jemand, der immer noch eine Schippe drauflegen kann, immer noch die Extrameile bereit ist zu gehen.

Heimers nimmt es zur Not mit jedem auf. Nicht, dass er sich darum reißen würde, aber wenn es sein muss, bitteschön, dann muss aus ´viel Feind` eben

´viel Ehr` gemacht werden. Heimers macht da keine Gefangenen.

Heute ist wieder solch ein Nachmittag. Er sitzt Elena Neumann gegenüber, der Vorsitzenden des Gesamtbetriebsrats der deutschen Muttergesellschaft. Personal muss mal wieder abgebaut werden, mindestens fünfzehn Prozent. Da gibt es nichts dran zu rütteln, die Personalkosten sind zu hoch, schlimmer noch – oder soll man sagen: besser noch – mit zwanzig Prozent weniger Mitarbeiterinnen und Mitarbeiter, davon ist Manfred Heimers überzeugt, kann die Firma genauso gut laufen, wenn nicht sogar besser, weil sich bestimmte Umständlichkeiten, gehegt und gepflegt durch überkommenes Besitzstandsdenken, verfestigt haben.

Ein erstes informelles Gespräch. Heimers weiß, was Elena Neumann gleich sagen wird, er hat jeden ihrer Sätze vorher antizipiert und sich Antworten zurechtgelegt. Selbst wenn sie etwas Überraschendes sagen sollte, was aufgrund ihrer ideologischen Positionierung und intellektuellen Unterbelichtung nicht zu erwarten ist, wird er messerscharf kontern können. Dabei wird er es spontan aussehen lassen, in Wahrheit steckt dahinter viel mehr, nämlich disziplinierte, exzellente Vorbereitung durch ausgiebige Persönlichkeits- und Was-wäre-wenn-Situationsanalysen. Auch wenn das Geheimnis seiner Konversationsmeisterschaft demnach in der exzellenten Vorbereitung besteht, perfekt und elegant weiß er auch durch Schlagfertigkeit und Spontaneität zu brillieren. Selbst das, da ist Manfred Heimers überzeugt, ist nicht ein Zufallsprodukt, sondern das Ergebnis harter Arbeit *und* seines hellen Kopfes.

Das Gespräch mit Frau Naumann verläuft erwartungsgemäß. Nachdem sie nach zwanzig Minuten das Büro mit kühlem Handschlag verlassen hat, gratuliert er sich innerlich zu seinem Auftritt. Mehr war nicht drin, die Claims sind abgesteckt, er hat sich unmissverständlich aber nicht gänzlich kompromisslos artikuliert. Ein wenig enttäuscht ist er über die geringe Gegenwehr, keine Chance zur Profilierung, nicht heute, seine Zeit wird kommen. Die Einladung an den Gesamtbetriebsrat zur Aufnahme von Interessenausgleich- und Sozialplanverhandlungen, z.H. Frau Elena Neumann, wird rasch verschickt.

Am Vorabend des anberaumten Meetings wird Manfred Heimers in das Büro seines Chefs gebeten. Dort wird ihm eröffnet, dass Frau Neumann und ihr Gremium sich weigern, mit ihm, Herrn Manfred Reimers, zu verhandeln.

„Aber sie werden ihr sicherlich zu verstehen gegeben haben, dass sich der Betriebsrat seine Verhandlungspartner nicht aussuchen kann. Im Übrigen überrascht mich die Reaktion nicht, wird doch offensichtlich versucht, einen schwächeren Verhandlungspartner …"

„Nun Herr Reimers, es ist so", unterbricht ihn sein Chef. „Frau Neumann hat mir in einem vertraulichen Vier-Augen-Gespräch, über dessen Inhalt ich eigentlich gar nichts sagen dürfte, angedeutet, dass es keinen Sinn macht, mit ihnen zu verhandeln. In der Vergangenheit gab es dutzende Verhandlungen, bei denen der Betriebsrat, aus Sicht von Frau Neumann jedenfalls, als Verlierer hervorging. Das hat zumindest ihre Rückschau ergeben, auch angesichts der Prügel der Belegschaft, die das Gremium einstecken musste. Es mag paradox klingen, aber der Gesamtbetriebsrat lehnt sie ab, weil er keinen Sinn darin sieht, beim Golf mit Handicap 35 gegen jemanden mit Handicap 0 anzutreten. Das mögen wir nun beide seltsam empfinden, aber wenn wir hier weiterkommen wollen, muss ich das ernst nehmen. Horstmann genießt jedenfalls deren und mein volles Vertrauen!"

Reimers verlässt die Besprechung aufrechten Ganges, er braucht Gegner, keine Opfer. Auf dem Weg zurück kommt er an Horstmanns Büro vorbei. Er beschließt, uneigennützig bei ihm reinzuschauen. Bestimmt kann Horstmann gute Tipps zur Steigerung der Dialogstärke und Konversationsperformanz dringend gebrauchen.

Erst die Arbeit, dann die Langeweile

Markus Böring weiß, wie man sich im Urlaub entspannt. Entspannen will gelernt sein, ist, wenn man es richtig anpackt, zunächst einmal harte, disziplinierte Arbeit. Das musste auch er erst unsanft lernen. Früher hat er den Fehler gemacht, während des Urlaubs immer wieder auf sein Smartphone zu blinzeln. Und? Was war passiert? Na klar, wer blinzelt, will auch sehen! Also wurden Mails bearbeitet, Telefonate geführt, in immer kleineren Zeitintervallen, zuletzt schaute er alle fünf Minuten auf das Display. Seiner Frau wusste er dies im Brustton der Überzeugung mit schlagenden Argumenten zu verkaufen: „Schatz, wenn ich nur einmal am Tag drauf schaue, dann habe ich den ganzen Tag so eine unerträgliche Spannung in mir, du hast das sicher schon bemerkt. Und wenn dieses eine Mal auch noch abends ist und ich dann bei Problemen niemanden mehr erreichen kann, dann schleppe ich das noch mit durch die Nacht. Und morgens als einzige Tageszeit der Mail- und Anrufkontrolle ist auch keine Alternative, dann zieht sich ein Thema womöglich über den ganzen Tag durch." Den Umstand, dass er dem sanften Druck seines Vorgesetzten, in seiner Position würde man keinen Urlaub kennen, nur schwer Widerstand leisten konnte und wollte und ihn auch die Neugier umtrieb, was denn ohne seine Omnipräsenz alles passiere, ob der Laden ohne ihn überhaupt funktioniere, diesen Umstand verschwieg er seiner Gattin lieber.

Doch nun profitiert Böring von der ´Away-from-work-Policy` seines Unternehmens. Die besagt, dass man nach 20 Uhr, am Wochenende und im Urlaub ein Recht auf ungestörte Privatheit habe. Mehr noch, es sei förmlich eine Pflicht der Angestellten, diese Richtlinie auch umzusetzen. Wer sich nicht daran halte, dem könne im schlimmsten Fall sogar eine Abmahnung ausgesprochen werden. Börings Chef verweist seit Inkrafttreten der Richtlinie zwar immer darauf, dass für die Geschäftsleitung diese Regelung nicht wortwörtlich gelte, sondern nur ´dem Sinn nach`, doch haben Börings Kollegen sich gemeinschaftlich untergehakt und diese Neuerung vom ersten Tag an beherzt in die Tat umgesetzt. Die Kollegen wissen halt um ihre Vorbildfunktion.

Böring, noch eher vom alten Schlag und an die Präsenz- und Aufopferungskultur nachkriegsgeprägter Unternehmen gewöhnt, hat anfangs etwas gefremdelt mit der neuen Policy, doch jetzt ist er mit Feuer und Flamme dabei, schon aus Solidarität mit den anderen.

„Wir schuften ja schließlich nicht mehr unter Tage", pflegt er darüber hinaus als Rechtfertigung anderen und sich selbst gegenüber anzumerken.

Nun sitzt er so da, in seinem Strandkorb, die Ausgangslage für einen entspannten Urlaub könnte nicht besser sein. Keine Probleme weit und breit in Sicht. Bis zum Mittag hat er sämtliche Tageszeitungen und Magazine durchgelesen, zudem verschiedene Nachrichtenwebsites (zum Glück gibt es hier 4G), schaut auf den Strand, das Meer, schnappt sich das Fernglas, betrachtet Land und Leute. Wirklich interessant ist das alles nicht. Er beschließt, mit einem Strandspaziergang dem gepflegten Entertainment etwas auf die Sprünge zu helfen. So trippelt er über den vom Meerwasser wieder freigegebenen, gehärteten Teil des Strandes, mal sind die Füße im Wasser, mal sind sie draußen, läuft so vor sich hin, schaut abwechselnd auf Meer und Dünen, auf die Abdrücke, die seine Füße, vor allem seine Zehen, im Sand hinterlassen. Wie krumm die sind, selbst der Sand verzeiht nicht. Alles wunderschön, sehr der Entspannung dienend, doch er empfindet etwas, was er schon gar nicht mehr kannte: Langeweile, pure Langeweile! Und die Aussicht, diese noch eine ganze Woche zu erleben, macht ihn ganz fertig. Vielleicht sollte er rückfällig werden und sich die Mails seines Posteingangs anschauen. Nein, er hat seine Prinzipien! Er will seine Entspannung lieber durch Langeweile als durch emotionalen Stress ersetzen. Aber das Gelbe vom Ei ist das auch nicht.

Doch dann hat er eine großartige Idee: Er zückt sein Smartphone und wagt einen kurzen Check des Zustandes seines Hauses: Smart Home macht´s möglich. Nicht, dass er irgendein Problem erwartet. Nein, einfach nur so, quasi als Spiel. Aber leider blendet die Sonne ungemein und er ist sich nicht sicher, ob er alles richtig tippt, wischt und einfügt. Das System scheint zu spinnen, er empfängt merkwürdige Signale, was mit seinem Haus angeblich alles nicht stimmt. Er beschließt zurück an den Strandkorb zu gehen, da sollte der Schatten helfen. Dort angelangt, sind die optischen Verhältnisse zwar besser, aber wirklich schlau wird er auch nicht aus dem Kauderwelsch, welches ihm sein Smart Home-Desk, also der Überblick über den Status diverser elektronisch-gesteuerter Geräte offeriert. Angeblich sei die Heizung angesprungen (im Sommer!) und die Jalousien befänden sich in permanenter Auf- und Ab-Bewegung. Da muss er in der Sonnenblendung bei dem kleinen Screen (und den dicken Wurstfingern) auf die falsche Schaltfläche geraten sein. Ihn packt leichte Panik und er beschließt, ins Hotel zurückzugehen, zu seinem Tabletrechner bei besserer (W-Lan-)Netzverbindung und optimalen Lichtverhältnissen. Der Einwand seiner Ehefrau, warum denn nicht alles in Ordnung sein solle, früher habe man doch auch ohne Smart Home nach der Rückkehr aus dem Urlaub kein Chaos vorgefunden, wird nicht ernst genommen. Es ist Gefahr in Verzug, da helfen keine Lebensweisheiten, die meistens, aber eben nicht immer, der Wahrheit entsprechen, und außerdem in einer anderen Zeit, ach was: Epoche, einer rein analogen zumal, Gültigkeit besaßen.

„Es geht nur solange gut, wie es gutgeht", sind die letzten Worte zu seiner Frau, bevor er eiligen Schrittes zum Hotel stürmt.

Theoretisch ist sein Plan ein guter, wenn ihm nach ca. dreißig Minuten verzweifelter Einwahlversuche und Nachfrage an der Rezeption nicht beschieden würde, dass es einen W-Lan-Ausfall gäbe, an dem die

Techniker bereits arbeiteten. Also versucht er es wieder über sein Handy (4G!) und kommt zu dem Schluss, dass das Problem wohl nicht das Sonnenlicht, sondern das System bzw. seine Unkenntnis desselbigen ist. Immer noch läuft angeblich die Heizung bei dreißig Grad Außentemperatur und spielen die Rolläden Rollercoaster. Er schaltet sich durch die Menüs, findet aber keine Lösung. Böring hat im klimagekühlten Zimmer Schweiß auf der Stirn, jetzt hat er mit seinem kopflosen Geklicke wohl aus Versehen noch die Waschmaschine auf sechzig Grad angestellt. Sagt das System. Er ist sich aber keiner Schuld bewusst. Oben rechts wird ihm auch noch angezeigt, dass die Außenbeleuchtung permanent brennt, Tag und Nacht, jetzt reicht es ihm, er ruft bei seinem Nachbarn Berthold an.

Zum Glück ist Berthold Frührentner und deshalb auch zuhause, er hat einen Schlüssel und schaut überall nach. Wegen ihm, der viel Zeit mit technischem Spielkram verbringt, hat er sich die Smart Home-Anlage überhaupt erst zugelegt. Berthold hat die nämlich auch, und deshalb, denkt sich Böring, kann er ihn schließlich jederzeit um Rat fragen. Und irgendwie ist sein Nachbar folgerichtig wohl auch nicht ganz unschuldig an dem momentanen Chaos.

Berthold checkt also alle kritischen Bereiche und kann nach einer Viertelstunde ´grün` vermelden. „Alles in Ordnung, ich weiß nicht, was dein Monitor dir da alles anzeigt. Sag mal, kann es sein, dass du aus Versehen auf die interaktive Demoversion geraten bist?" Böring versteht kein Wort. „Diese Version, die dir alles erklärt und bei der du interaktiv fiktive Probleme lösen musst, damit du es auch richtig lernst."

Böring ist sich gar nicht bewusst, solch eine Lernversion jemals besessen, geschweige denn bedient zu haben.

„Na toll, mit dem Zeug soll alles einfacher werden, und stattdessen muss man erst einmal ein NASA-Sicherheitstraining absolvieren!" Halb erleichtert, halb genervt spürt Böring die Kräfte zurückkommen.

„Moderner Komfort will erst mühsam erlernt werden.", weiß der blitzgescheite Nachbar die Sache korrekt einzuordnen.

Markus Böring schaut nunmehr erleichtert durch sein Fenster auf das Meer, tief Luft holend. Er hat es sich und den anderen mal wieder gezeigt. Das ist seine wahre Begabung: Probleme lösen! Sein Haus ist nun endlich sicher, dank seines beherzten Eingreifens. Womöglich war er zwar etwas umständlich unterwegs, vielleicht auch nicht gerade hocheffizient und maximal elegant, aber er hat alle Probleme gelöst, trotz der Widrigkeiten eines völlig dysfunktionalen Smart Home-Systems.

Und nun, wo Markus Böring sein Haus sicherer gemacht hat, ist endlich der Grundstein gelegt: für einen entspannten Urlaub!

Es muss etwas geschehen (aber es darf nichts passieren)

Lechwiller und Kreuznach begegnen sich auf dem Weg in den Konferenzraum.

„Na, was das wohl heute wieder wird?!"

„Laber Rhabarber!"

Rübow, Chef der Business Unit Plastics der Plastart GmbH & Co., eröffnet das allmonatliche Turnusmeeting der BU-Leitung, bestehend aus vier Mitgliedern, durch Vorstellung der Sitzungsagenda.

„Wir müssen uns heute mit konkreten Maßnahmen beschäftigen zum Thema ´Gender Diversity`. Wie wir uns sicherlich einig sind, und ich beziehe mich dabei auf die Veröffentlichung unserer Geschäftsführung von letzter Woche, müssen wir uns dem Thema ´Frauen im Management` deutlich proaktiver, man könnte auch sagen: aggressiver nähern als bislang. Lippenbekenntnisse haben bisher nichts gebracht, der Frauenanteil im Management liegt unter drei Prozent. Drei Prozent, drei von hundert, das muss man sich mal vorstellen! Beschämend ist das, wir müssen das radikal ändern, indem wir ambitioniertere Zielsetzungen und auch die entsprechenden Maßnahmen für die BU formulieren. Frau Brunswick, bitte."

Christina Brunswick ist die die einzige Frau im Leitungsquartett und wurde von Rübow quasi natürlicherweise beauftragt, sich des Gender-Themas anzunehmen.

Frau Brunswick schlägt vor, den Frauenanteil im Management der Business Unit in den nächsten Jahren durch strikte Disziplin auf dreißig Prozent zu erhöhen, indem bei jeder Besetzungsentscheidung Frauen bevorzugt eingestellt oder versetzt werden, jede Führungskraft dies als Zielsetzung ins Stammbuch geschrieben bekommt und ein Kontrollgremium eingerichtet wird, das den Projektfortschritt überwacht. Ferner sollen gezielte Frauenförder- und -austauschprogramme ins Leben gerufen werden, um sich in der Männerwelt besser behaupten zu können.

„Ein supergenialer Ansatz", begeistert sich Rübow, „mich würde dazu die Meinung der beiden Kollegen interessieren."

„Ich finde den Ansatz auch großartig, wirklich, Kompliment, Frau Brunswick.", bilanziert Kreuznach. „Und sie haben mich auch an ihrer Seite, wenn es um die Belange der Frauen geht, ganz sicher, bloß, ich fürchte, also ich meine, bitte verstehen sie mich nicht falsch, aber darunter dürfte die Qualität im Management leiden. Denn wo sollen wir denn die dreißig Prozent hernehmen, wir müssten ja praktisch jede Frau, die nicht bei drei auf dem Baum ist, nehmen, und da ist ziemlich leicht auszurechnen, schon mathematisch, dass das der Qualität nicht förderlich sein kann. Außerdem sind die flankierenden Programme sicher sehr teuer."

„Und eine Beleidigung der Frauen", ergänzt Lechwiller. „Schließlich will doch keine Frau eine attraktive Position wegen der Quote erhalten."

„Und wenn es die Frau auch ohne Quote schafft, einfach nur, weil sie gut und bestens qualifiziert ist?", wendet Christina Brunswick ein.

„Das weiß die Frau dann aber nicht, weil es ihr niemand ehrlich sagen wird. Wenn sie wg. ihrer Qualität drin ist, kann man es glauben oder nicht, wenn sie wegen der Quote den Job hat, wird man ihr das erst recht nicht sagen. Und dann gibt es schließlich noch die Grauzone, von wegen Frauen, Behinderte und andere Benachteiligte werden bei gleicher Qualifikation bevorzugt."

„Und es ist zu teuer." Kreuznach bleibt hartnäckig. „Wenn ich allein an die Kosten für Elternzeit und deren Folgeprozeduren denke, wie Interimsbesetzung, Personalsuche, Einarbeitung etc. Wer zahlt und dankt mir das? Am Ende guckt mein Chef nur auf meine Kosten, gell, Herr Rübow?"

„Aber wenn Männer Elternzeit nehmen, haben sie das Problem doch auch." Frau Brunswick denkt logisch.

„Tun sie aber nicht, die große Mehrzahl der Führungskräfte jedenfalls nicht."

„Und was ist mit der Diversity und der Bereicherung durch eine heterogene Teamzusammensetzung?"

„Das ist eher spekulativ denn an harten Fakten greifbar", verwissenschaftlicht Lechwiller die Diskussion. „Heterogenität muss man sich leisten können bzw. kriegen wir auch durch andere Durchmischungen hin, z.B. durch unterschiedliche Altersgruppen. Und wenn die Frau Kollegin erst etwas mit dem Herrn Kollegen anfängt …"

„Meine Herren, wenn ich sie so reden höre", grätscht Rübow dazwischen, Lechwiller vor allzu viel chauvinistischen Fettnäpfchen rettend, „könnte man den Eindruck haben, sie wollen eher weniger als mehr Frauen im Management."

„Ganz und gar nicht", entrüstet sich Lechwiller. „Ich bin für die Sache der Frau, blättere sogar hin und wieder durch die ´Emma` und habe letztes Mal sogar die Grünen gewählt. Ich finde nur, die große Politik ist das eine, die Sachzwänge im Betrieb vor Ort das andere.", versucht Lechwiller die Diskussion wieder auf eine objektive Grundlage zu stellen.

„Sachzwänge? Welche Sachzwänge?" Christina Brunswick wirkt nun doch etwas unaufgeräumt.

„Na das, was Herr Kreuznach und ich soeben aufgelistet haben. Was muss man denn da noch ergänzen? Das sollte doch reichen, das steht doch für sich."

„Und was schlagen sie dann vor, um, wie sie es sagen, die große Politik in den betrieblichen Alltag zu transformieren?"

„Wir könnten beispielsweise den Bundestagswahlkreisabgeordneten einladen und ihn zu dem Thema referieren lassen. Oder einen Aktionstag veranstalten, unsere weiblichen Azubis könnten da sicher etwas Schickes vorbereiten. Ich wäre sogar bereit, ein Ziel von zehn Prozent Frauenanteil nach fünf Jahren zu

akzeptieren, müsste aber äußersten Wert daraufle-
gen, dass dieses Ziel nicht stumpf auf alle Abteilungen übertragen wird, denn bei meiner kleinen Truppe
ist das kaum zu realisieren."

„Und bei meiner schon gar nicht", hält Kreuznach
seine Ergänzung für dringend erforderlich.

„Also wirklich meine Herren", echauffiert sich
Rübow, „mir drängt sich der Eindruck auf, sie mogeln
sich um das Thema herum. Wir sind uns doch einig,
es muss sich etwas ändern, und zwar radikal."

„Ich könnte ihnen kaum mehr zustimmen", bekun-
det Kreuznach seine innigste Solidarität. „Wir dürfen
nur nicht träumen und die Realität außer Acht lassen.
Ich befürchte einen Kulturschock, wenn wir nicht auf-
passen, zu viel Veränderung, zu viel Fremdes ver-
kraftet der Mann, also der Mensch, nicht. Lassen sie
uns doch vernünftig bleiben …"

„… und uns nicht allzu viel Disruption zumuten.",
sekundiert Lechwiller, durch einen Fachterminus auf
mehr Akzeptanz seiner Argumente schielend. „Bei allem muss das wirtschaftliche Wohl der Firma im Vordergrund stehen, und dazu zählt auch, es mit dem po-
litisch-korrekten Mainstream nicht zu übertreiben.
Frauen ja, Frauenquote nein."

„Und wie wollen sie dann als Arbeitgeber für weib-
liche Führungskräfte attraktiv werden?" Christina
Brunswick ringt zunehmend nach Luft und mit den
Worten.

„Für solche Art Probleme werden wir Zeit finden,
wenn es die Lage erlaubt und wir den Krisenmodus
verlassen haben. Und außerdem, es wird weitere

Probleme geben bei immer mehr Frauen im Management, ohne Frage."

„Ach ja, und welche?"

„Nehmen wir zum Beispiel die Beschwerde von Frau Leibach wegen angeblich sexueller Belästigung von Kollege Rützenfänger. Bei einer Verzehnfachung des Frauenanteils würde das zehnmal mehr Beschwerden bedeuten." Mathematik kann jetzt helfen, die zunehmend emotionalere Diskussion zu versachlichen.

„Wer soll das bearbeiten? Wer hat dafür die Zeit? Der höhere Frauenanteil ist kein Selbstzweck, aber genau das würde dann der Fall sein. Es ginge nur noch um die Frauen, warum und wozu auch immer."

„Und heute geht es nur um die Männer!" Frau Brunswick gibt jetzt ihre Zurückhaltung auf.

„Heute geht es um die Bewahrung des äußerst erfolgreichen Status quo, wozu die jetzige Geschlechterstruktur einen ausgezeichneten Beitrag geleistet hat und leistet."

„Obwohl wir, laut ihren Worten, in der Krise sind?"

„Dafür können die Männer nichts, zumindest ist das Geschlecht nicht schuld daran."

„Dann können wir ja auch mehr Frauen ins Management nehmen, wenn das Geschlecht keine Rolle spielt."

„Können sie denn nicht mal ihre diskriminierenden und sexistischen Egoismen beiseiteschieben, sie merken doch, dass das unsinnig ist und zu nichts führt. Und drehen sie mir nicht immer das Wort im Hals herum."

„Ich merke nur, dass sie sich vehement gegen mehr Frauen wehren."

„Weil sie in renitenter, widerborstiger, fast schon emanzipatorischer Art und Weise eine rücksichtslose, unterdrückende Geschlechterpolitik betreiben, die einzig dem Zweck der Geschlechterdominanz, in diesem Falle der weiblichen, dient. Sie zwingen uns diese Themen auf in einer Form, die wir uns als rücksichtsvolle Männer und Kavaliere den Damen gegenüber niemals erlauben würden. Unverschämt ist das, und eine nahezu faschistische Ausnutzung vorweggenommener Herrschaftsverhältnisse."

Christina Brunswick wechselt nun die Gesichtsfarbe unaufhörlich, ringt mit sich, versucht etwas hervorzubringen, vermag jedoch nur, unter einem leisen „Entschuldigung" fluchtartig den Raum zu verlassen.

Rübow unterbricht die peinliche Stille als erster: „Das war jetzt aber wirklich etwas übertrieben, Kollege Lechwiller. Musste das sein?"

„Vielleicht war es etwas zu überspitzt, aber mal ehrlich, die Reaktion ist doch typisch, sie zeigt doch, wie Frauen bei Widerstand reagieren: erst mit dem Kopf durch die Wand, wenn sie dann ihren Willen nicht kriegen, patzig werden und – vor allem - immer emotional."

„Fast schon hysterisch." Kreuznach hatte lange geschwiegen.

„Ich bin wirklich für die Förderung der Frauen in Unternehmen, in der Führungsetage zumal, aber die

Damen müssen sich auch ein bisschen Mühe geben und den – meinetwegen *männlichen* - Spielregeln anpassen. Das müssen *wir* schließlich auch!"

Nüchtern betrachtet

Baumgart ist an sich hart im Nehmen. Aber ein Tag wie heute, das ist selbst für ihn fast zu viel. Jedes negative Erlebnis, was sich heute ereignet hat, ist an sich schon schwer verkraftbar. Klar, das Leben ist kein Ponyhof, bei der Aufharsch AG erst recht nicht, nicht für den Leiter des Vertriebs, nicht für Manfred Baumgart. Aber alles an einem Tag, sogar genau genommen eingepfercht in einen Zwei-Stunden-Zeitrahmen am Nachmittag, das ist wirklich starker Tobak.

Erst das kritische Gespräch mit seinem Chef, von dessen Wohlwollen eine weitere Karriere nicht unwesentlich abhängt. „Sie müssen lockerer werden, weniger verkrampft, sonst wird das nichts. Wenn sie sich bei den Preisverhandlungen verbeißen und den Tunnelblick kriegen, rennen die Kunden in Panik aus ihrem Büro."

Dann das endgültige Aus bei einem Stammkunden, zu teuer, zu umständlich, so das Feedback, vielleicht wieder beim nächsten Mal. Das passte wie die Faust aufs Auge zum Vorgespräch mit dem Chef.

Schließlich der freundschaftlich-kollegial gemeinte Rat an einen Mitarbeiter, er möge doch erst denken, dann reden, was dieser wohl irgendwie in den falschen Hals bekommen haben muss. Jedenfalls hatte Baumgart bis dato nicht erlebt, dass ein Untergebener es wagt, sein Büro kommentar- und grußlos zu verlassen.

Nur gut, dass sich heute Abend eine hervorragende Gelegenheit bietet, das alles zu vergessen und mal tüchtig abzuschalten. Sein Herzensverein, die TuS Germania Raderbein, z.Z. stark abstiegsgefährdet in der Kreisliga B, hat ein wichtiges Flutlichtspiel gegen einen unmittelbaren Konkurrenten um den Klassenerhalt. Ein Abstieg wäre eine Katastrophe für die TuS Germania - tiefer als Kreisliga C geht es schließlich nicht – und Baumgart wäre geneigt, dies durchaus persönlich zu nehmen, bei den Kübeln von Leidenschaft und Emotion, die er in den letzten Jahren für diesen Verein vergossen hat.

Wild entschlossen, jetzt aber mal so richtig abzuschalten und diesen elenden Tag voller Misserfolge durch einen triumphalen Ausgang des Abends zu neutralisieren, peitscht Baumgart seine Germania von der Außenlinie brüllend und wild gestikulierend nach vorne. Es ist unverkennbar, die Jungs sind etwas in die Jahre gekommen und die Trikots spannen sich noch mehr über die Oberkörper als letzte Saison, da muss *Baumgart* eben härter ran und alles geben.

Für einen kurzen Moment scheint sich die Welt wieder richtig herumzudrehen (sein Team führt 1:0), dann – nur kurze Zeit später - trübt sich die Stimmung beim Ausgleich wieder merklich ein, sein Abschaltbemühen wird jäh unterbrochen, plötzlich sind sie wieder da, die grauen Gedanken. Ist doch klar, an einem solch verfluchten Tag kann es unmöglich einen Sieg geben.

Nach dem Seitenwechsel dreht die TuS Germania mächtig auf, mit ihr Baumgart. Oder umgekehrt.

Nicht nur vom Stimm-, sondern auch vom Schluck-volumen her betrachtet. ´Lumpi` Neurich ist der Übeltäter, hat bei Heimspielen immer ab der zweiten Halbzeit ein Fässchen auf der Sackkarre dabei und zieht seine Runden über die Außenbahn, von Fan zu Fan. Baumgart hat vorsichtshalber gleich drei Gläser genommen, wer weiß, wann Lumpi wieder vorbei-kommt, der quatscht sich immer gern irgendwo fest. Er hofft jetzt inständig, sein Verein würde mit dem Tore schießen einen Moment warten, damit beim Ju-bel nichts verschütt geht. Hastig zischt er die Biere auf nüchternen Magen runter, damit er wieder die Hände frei hat für den Fall des Falles und für zwischenzeit-lich richtungsweisende Regieanweisungen an sein Team.

Und allmählich drängt sich unvermittelt der Nach-mittag wieder in sein Gehirn, aber anders als bisher: klarer, realistischer, aber auch irgendwie wolkiger und weicher. Zum Beispiel das Kundengespräch, vielleicht war er nur zu stark unter dem Eindruck des Vorgespräches mit seinem Chef. Nun, mit etwas Ab-stand und nüchtern betrachtet, ist es eigentlich ein Se-gen, dass er diesen Halsabschneider als Kunden ver-loren hat. Wenn die demnächst wieder angekrochen kommen (und das werden sie, da ist er sich ganz si-cher) wird er ihnen entgegnen: „Aber wir nicht mit ihnen, sie Geizhals. Ha! Haben sowieso nie Gewinne erzielt bei den mickrigen Preisen und hohen Kosten.“ Welch ein Glück, dass es mit diesem Kunden vorbei ist. So muss man es doch sehen.

Und nach sechs Bierchen – Lumpis Runden um die Außenbahn verlaufen zügig und ohne längere Zwischenstopps - weiß er, dass seinem Mitarbeiter nichts Besseres passieren konnte als seine stramme Ansage. Lernen über Emotionen, gerade negative, sind förderlich für die Verknüpfung von Synapsen. Da helfen politisch-korrekte Aussagen nicht weiter, wie: „Sie sollten mal reflektieren, ob es ggfs. nicht eine sinnvolle Bereicherung ihrer persönlichen Entwicklung wäre, ein Coaching zu machen im Hinblick auf die Perfektionierung des Zusammenspiels von Reden und Denken." Blödsinn, besser ist das, was er, leicht im Affekt, von sich gegeben hat: „Erst die Birne einschalten, dann die Feinmotorik rund um den Unterkiefer", war nicht nur dem Verlust seiner Contenance geschuldet, sondern auch seinen profunden Kenntnissen gutgemeinter Erwachsenenpädagogik, hart, aber fair. Das wird ihm erst jetzt, nach mittlerweile acht Bieren, so richtig klar.

Und nach deren zehn weiß er nun endlich auch, was sein Chef gemeint hat. Wie er sich jetzt fühlt, so will er weitermachen, exakt so, schon ab morgen. Warum ist er nicht schon vorher derart entspannt drauf gewesen?! Einfach locker sein, einfach den Schalter umlegen, dann sieht man alles ganz klar und realistisch. Und so wie hier kann es doch morgen auch gelingen. Was ist schon der Unterschied zwischen jetzt gerade und morgen? Außer hoffentlich zusätzlichen drei Punkten der TuS Germania.

Im Taxi auf dem Nachhauseweg hat er eine glänzende Idee. Er sollte seinen Chef gleich auf der Stelle anrufen, denn wer weiß, ob er die Erkenntnisse des heutigen Abends morgen noch so treffsicher zusammenfassen kann wie in diesem Augenblick. Wäre doch unverzeihlich, wenn sein geschätzter Boss niemals an der ganzen Baumgartschen erkenntnistheoretischen Extraklasse partizipieren könnte.

Und so endet der so mies gestartete Tag doch noch erfolgreich und für alle Beteiligten versöhnlich, kann der sprachmotorisch etwas gehandicapte Baumgart dem aus dem Schlaf geweckten Herrn Vorgesetzten doch mit einigen Lebensweisheiten die beruhigenden Einschlafhilfen geben:

„Chef, ich wollte nur kurz sichergehen, dass wir zwei, sie und ich, nichts verpassen, also von dem, was ich jetzt rausgekriegt hab. Also, festhalten und anschnallen. Jetzt mal unter uns Klosterschwestern, ganz ehrlich: Was ist im Leben wichtig, hm? Worauf kommt es an? Wissen sie nicht, Sportsfreund, was, ha, hab´ ich mir doch gedacht. Ich sag´s ihnen. Auf drei Dinge: Erstens, sich nicht verarschen lassen und deshalb nicht jeden Schwachsinn mitmachen. Zweitens, dem anderen klipp und klar die Meinung geigen. Und drittens und am allerwichtigsten, he, gut zuhören, am besten gleich mitschreiben: Bei allem immer schön locker bleiben. Nur dann sieht man alles ganz nüchtern."

„Mensch Baumgart, haben sie sie noch alle? Wissen sie, wie spät es ist? Und betrunken sind sie auch noch!"

„Ach Mist, jetzt, wo sie es sagen: es ist umgekehrt. Jetzt hab ich´s wieder: immer schön nüchtern bleiben, dann sieht man alles ganz locker!"

Verantwortlich unzuständig

Reuland legt großen Wert auf persönliche Verantwortung. Wo kommen wir denn hin in dieser Welt, wenn sich keiner mehr etwas traut, keiner die großen Dinge anpackt und den Kopf hinhält, gerade dann, wenn einem die Pistolenkugeln um die Ohren fliegen?!

Zurzeit steht Reuland gleichwohl ein wenig unter Druck, einige Boardmitglieder haben ihn wiederholt als „Ankündigungsweltmeister" und „Wolkenschieber" tituliert, er braucht also schnelle und eindeutige Erfolge. Da trifft es sich gut, dass die Brickstone SE, ein produzierendes Unternehmen der Baustoffindustrie, für das er als Gesamtpersonalleiter tätig ist, ein Problem mit ihren Krankenständen v.a. im Niedriglohn-Ausland hat. Die Brickstone hat jede Menge schwere Arbeit in ihren Produktionsstätten zu verrichten, da sind körperlicher Verschleiß und damit erhöhte Krankenstände an der Tagesordnung. Ein recht hoher Altersdurchschnitt tut sein Übriges. Aber wie geht man das Problem am besten an?

Reuland kommt auf die pfiffige Idee, das Unternehmen mehr in die Gesundheitsförderung investieren zu lassen, wobei ´investieren` zu viel gesagt ist. Schließlich hat die Brickstone kein Geld übrig in diesen harten Zeiten, zumindest kein Geld für teure Human-Resources-Spielereien, deren Erfolge in den Sternen stehen, während die diesbezüglichen Kosten knallharte, in den Büchern ablesbare irdische Realitäten sind. Bisher behalf man sich mit Kündigungen allzu häufig fehlender Kollegen, auch zur Abschreckung. Die Abfindungskosten sowie die indirekten Aufwände für den ständigen Personalwechsel dürften zwar um ein Vielfaches höher ausgefallen sein, aber das steht auf einem anderen Blatt.

Reuland darf also nur möglichst wenig ausgeben, am besten gar nichts, und deshalb kam er auf die Idee mit dem unbestritten gesundheitsförderlichen Betriebssport, und – noch eleganter – auf die Idee, diesen zum ´Nulltarif` für das Unternehmen anzubieten. Mit dem Projekt ´Sports Zero` hat er dem Board den Mund wässerig gemacht, indem er die Gesellschaften, Niederlassungen und Werke einfach fünf Prozent ihres bisherigen Budgets abzwacken lässt für die eine oder andere betriebssportliche Aktivität, ohne Mehrkosten also. Und auch von der Zentrale kommt kein Sponsoring. Ein ausschließlich dezentrales Budget verhindert nämlich, dass eine allzu verschwenderische ´All-you-can-eat-Mentalität` Einzug hält.

Der Skepsis seines Boards, wie er denn unter diesen Umständen für die Sache werben und sie ans Laufen zu bringen gedenke, zerstreut Reuland mit persönlichem Commitment. Er würde sich schon um alles kümmern, fühle sich für alles voll verantwortlich, man müsse ihm nur vertrauen und an Zahlen messen. „So wahr ich hier stehe, wir werden die Fehlzeiten innerhalb eines Jahres halbieren." Damit das alles aber trotz des fehlenden zentralen Sponsorings von oben gesteuert und im Sinne Reulands *richtig* abläuft, will er die Sportarten vorschreiben: Kraft- und Ausdauertraining im Gym, Laufen, Schwimmen, Yoga, Leichtathletik, Rückenschule, Pilates, kein Mannschaftssport (zu hohe Verletzungsgefahr).

Ein halbes Jahr nach der Verabschiedung des Programms empfindet Reuland die Kollegen dort draußen, denen er doch nur helfen will und für deren Probleme er sich so eingesetzt hat, als undankbar. Denn leider hat sich noch nicht viel getan, die örtlichen Leitungen verweisen überraschenderweise wiederholt darauf, dass sie kein Geld haben, einige haben zwar widerwillig budgetiert, rufen die geplanten Leistungen aber nicht ab, sondern nutzen diesen Teil des Budgets zum Stopfen anderer Löcher und wieder andere äußern ihren Unmut mit Sätzen wie „Wir haben andere Probleme.", oder „Ein bisschen Rumgehoppse und schon halbieren sich die Fehlzeiten von alleine: auf so einen praxisfernen Unsinn kann auch nur die Zentrale kommen."

Reuland wäre nicht Reuland, würde er sich seiner Verantwortung nicht stellen. Er fliegt kurzerhand ´Business` zu den renitenten Standorten und gibt Nachhilfe in Sachen Gesundheitsprävention, Betriebssport, Investition und Amortisation der Human Resources. Und tatsächlich: Nach seiner Aufwartung werden erste Sportgemeinschaften gegründet, bedauerlicherweise aber nur solche, die kaum unter das Ertüchtigungsideal von Turnvater Jahn fallen dürften: Skat, Billard, Darts und Angeln.

Heute muss Reuland seinem Board einen Zwischenbericht über ´Sports Zero` abliefern, berichtet von einigen „wenig verletzungsanfälligen Sportarten, die zugegebenermaßen mehr den Geselligkeitsaspekt betonen" (zum Glück will niemand Genaueres wissen) und dass man, also er, in guten Gesprächen mit den Werksleitungen vor Ort sei. Auf kritisch-subversive Nachfrage, wie er das momentane Tempo des Projektfortschritts bewerten würde, presst Reuland kleinlaut, aber geistreich „etwas zwischen Allegro ma non troppo, Allegretto und vivace" heraus. Als ihm der Vorsitzende mit „wohl eher etwas zwischen Largo, Lento und Adagio, was auch immer, alles jedenfalls mit ´con dolore`, wenn ich mir die nach wie vor unverändert hohen Fehlzeiten anschaue", auf Augenhöhe begegnet, muss Reuland in die Offensive gehen.

„Meine Herren", greift er selbstbewusst und im Brustton der Überzeugung an. „Ich gebe zu bedenken, dass die Zuständigkeit für die Identifikation mit dem Programm, die Ausgestaltung, die Budgethöhe und die Maßnahmengestaltung ausschließlich vor Ort liegen. Ich kann den Jäger nicht zum Jagen tragen."

„Aber sagten sie nicht bei unserem letzten Treffen in diesem Kreis, sie seien verantwortlich? Verantwortlich explizit für die Halbierung der Fehlzeiten?"

„Verantwortlich ja, dazu stehe ich auch, aber definitiv nicht operativ zuständig."

Sein Chef Graunich jedenfalls, CFO und gleichzeitig der Personalchef auf Boardebene, wurde von seinen Kollegen nach dieser denkwürdigen Diskussion genötigt, mit Reuland rasch über Alternativen außerhalb der Firma zu reden. Schließlich mache sich schon lange Unzufriedenheit breit über seine Leistung, der heutige Tag war nur der berühmte Tropfen, der das Fass zum Überlaufen brachte.

„Das bedeutet eine sofortige Freistellung unter Fortzahlung der Bezüge für die kommenden fünf Monate.", setzt Graunich die Unterredung am nächsten Tag fort.

„Aber als ich mit dem Sprecher des Vorstands bei der Einstellung über die Vertragskonditionen gesprochen habe, hat er mir in die Hand versprochen, dass ich mindestens zwei Jahre ´safe` bin, um mich mit meinem alten Vertrag gleichzustellen. Wenn der Sprecher das nicht zusichern darf, wer dann?"

„Der Sprecher kann und darf viel in unserem Unternehmen und ist irgendwie auch für alles und jedes verantwortlich, aber er ist dennoch nur der ´First among equals`, der ´Primus inter pares`. Er hatte bis gestern tatsächlich Skrupel, sich von ihnen zu trennen, glauben sie mir, schließlich ist er ein Mann, dessen Wort gilt. Aber für Entlassungen, Abfindungen und sonstige vertragsrechtliche Belange bin nun mal ausschließlich *ich* zuständig. Und letztlich ist uns beiden erst gestern dank ihnen und ihres Berichts so richtig klar geworden: Zuständigkeit heißt Verantwortung, nicht umgekehrt."

Die Liebe in Zeiten von Smart Home

Guthbert ist ein Technik-Freak, sein jüngster Neuerwerb hat ihn auf dieses Premiumlevel gehoben: ein Smart Home-System. Und das kam so:

Als Top-Manager vom alten Schlag, dazu noch zuständig für die Zahlen in einem Unternehmen der sogenannten ´old economy`, hat er es nicht so mit diesem neumodischen, viralen, virtuellen und digitalen Schnick-Schnack. Ihn nerven auch die Angebereien seiner präpotenten Geschäftsleitungskollegen mit ihrem digitalen ´Kompetenzgebolze`. Früher reichte die Kenntnis der PS und Hubraumgröße des eigenen Autos und jener der Kollegen, um sich im Wettkampf mittags in der Kantine zu behaupten. Heute muss er sich in die kleinsten Verästelungen der elektronischen Architekturen hineingraben, sonst ist er außen vor oder als oberflächlicher Dampfplauderer enttarnt.

Bislang ging er davon aus, dass zumindest sein zuhause ein Ort der Flucht vor solchen Hahnenkämpfen ist. Nun scheinen auch diese Zeiten ein für alle Mal vorbei zu sein. Das eigene traute Heim ist stattdessen eine Fundgrube ungeahnten Potenzials geworden, aus der man den Stoff für die nächsten Business Smalltalks schürft. Zuhause hat man sich seine Managementkompetenz für die Welt außerhalb des Managements anzutrainieren, der smarte Alltagsmanager wird hier ausgebildet, gedrillt und feingeschliffen. Ganz wichtig für die Trockenübung: keinen Toaster mehr mit den Händen eigenständig analog betätigen, keine Waschmaschine mit schnöden banalen Handgriffen selbst bedienen, das muss alles digital gesteuert ablaufen. Auch wenn ihm bislang noch kein Kollege plausibel erklären konnte, wozu das Ganze gut sein soll. Für eine Sequenz, die analog drei Sekunden dauert, drei Stunden autodidaktisches Lernen zu investieren, nur um diesen Vorgang anschließend automatisiert und fremdgesteuert ausführen zu lassen. Da muss man viele Toasts essen, bis sich das lohnt. Und warum es wichtig ist, dass sein Toaster mit Waschmaschine und Backofen vernetzt ist, leuchtet ihm auch nicht unmittelbar ein. Guthbert ist halt ein Kopfmensch, er will die Dinge verstehen.

So dachte Guthbert, bis vor zwei Wochen. Da hatte er auf einmal Probleme, die einfache Fernbedienung seiner großen Jalousie an der Gartenpanoramascheibe zielführend zu bedienen, was eine anhaltend deprimierende Dunkelheit im ohnehin schon eher lichtschwachen Wohnzimmer zur Folge hatte.

Der Mann vom Kundendienst muss seine Verzweiflung direkt gespürt haben, schließlich bemerkte er sofort, dass Guthbert selbst die einfachsten Knopfdruckbefehle seiner Fernbedienung nur mit erhöhter geistiger Kraftanstrengung erteilen konnte.

„Wissen sie was, ich schlag ihnen mal was vor: sie sollten ihr Haus auf Smart Home umstellen, dann ist gleich alles viel einfacher und vor allem komfortabler. Ich schick ihnen mal jemanden vorbei."

Ein lukratives Geschäft witternd bei einem unbedarften Kunden mit Geld und 400 m² Wohnfläche, rückte die Firma SmartSelect gleich mit drei Verkaufsberatern an: einer für die Basistechnik und Infrastruktur, einer für die Sicherheitsaspekte und ein anderer für die Steuerung und Vernetzung sämtlicher Haushalts- und Elektronikgeräte.

Guthberts Einwand, er wolle eigentlich nur wissen, auf welchen Knopf er bei der Fernbedienung drücken müsse, damit er nicht wieder im Dunkeln sitze, wurde als nicht mehr zeitgemäßer und damit ungültiger Einwand ausgehebelt: „Das ist nicht so einfach, das kommt ganz drauf an, wo sich das System genau aufgehangen hat, viel einfacher wäre es doch, ein Din A5 großes Touchscreen-Manual zu bedienen, denn das ist ziemlich selbsterklärend und intuitiv bedienbar. Ich zeig ihnen das mal, schauen sie hier: sie können sämtliche Küchen-, Wasch-, Heizgeräte hierüber steuern, ihre Rollläden, ihre Unterhaltungselektronik, ihre Alarmanlage, die Außenbeleuchtung, die Gartenbewässerung, das Pumpen- und Filtersystem des Gartenteiches, einfach alles. Entweder machen sie das dann per manuellem Befehl oder programmieren die digitale Zeitschaltuhr, dann gehen die Geräte automatisch an und aus. Und das Beste: Das können sie von jedem Ort der Welt und zu jedem Zeitpunkt. Sie sitzen in Rio de Janeiro oder in Neuseeland, und es fällt ihnen ein, dass die Geranien noch Wasser brauchen: zack, einfach ins Internet, auf ihr Netz und ihre Domaine zugegriffen, dreimal mit den Fingern drauf, schon werden bei ihrer Rückkehr die blühenden Geranien dankbar Spalier stehen und ´Lang lebe Herr Guthbert` singen."

Überrascht, wie kinderleicht die Bedienung der Demoversion des Herstellers funktionierte, wurde nun auch sein Jagd- und Kontrollinstinkt geweckt und energetisiert durch einen längst verschütt geglaubten Spieltrieb. Und auch wenn die ersten Gehversuche nicht annähernd so leicht wie bei der Demoversion waren und zu einigen Verwechselungen führte – schlussendlich sollte die Waschmaschine waschen und der Thermomix kochen, nicht umgekehrt – am Ende fügte sich alles zu seiner Zufriedenheit, und der seiner Gattin Barbara.

Guthbert präsentiert nun voller Begeisterung seinem Kollegen Amstel, welcher sich bei den Stammtischgesprächen immer besonders gern hervortut (bei ihm sind es die Neurosen auf sportlichem Gebiet), die neue Anlage auf seinem Tablet. Er loggt sich in sein Smart Home-System ein und demonstriert dem Kollegen (Guthbert sagt: „Ich zeig dir mal den Showcase.") die Überwachungsbilder der vier verschiedenen Kameras, die er, nachdem er erst mal auf den Geschmack gekommen war, zur Sicherheit seiner selbst und seiner geliebten Gattin hat installieren lassen. Klick, Kamera 1: Front & Eingangstür, Kamera 2: linke Hausseite samt Nebeneingang über den rückseitigen Garten, Kamera 3: rechte Hausseite, Kamera 4: Blick vom Garten auf die Hausrückseite, unten Wohnzimmer, oben Schlafzimmer.

Amstel ist schwer angetan, von Guthbert und seiner technischen Kompetenz (hätte er ihm gar nicht zugetraut), dem Haus (riesig) und den neuen Möglichkeiten, die diese Technik bietet (muss er auch haben). Guthbert spürt die aufkeimende Begeisterung und legt verbal nach: „Wie einfach alles zu bedienen ist, und wie einfach und wie sicher das Leben dadurch wird!"

Aber was ist nun los? Es gibt ein Problem mit Kamera 4: plötzlich alles dunkel! Aber so ´was von dunkel! Da hängt nichts vor dem Objektiv, da gibt es wohl ein rein technisches Problem. Guthbert – mittlerweile ganz der Smart Home-Nerd – weiß sich in dem System zu bewegen. Er scrollt und klickt sich durch verschiedene Menüebenen, landet bei ´Systemsteuerung/manuelle Einstellungen` und muss feststellen, dass jemand die Kamera manuell offline gestellt hat. Das Password für Kamera 4 kennen aber nur er und seine Frau. Für die anderen Kameras hat nur er ein Password, er weiß noch nicht einmal, ob Barbara überhaupt registriert hat, dass es noch weitere Kameras außer der Nr. 4 gibt. Sofort das Schlimmste witternd – er hätte sich doch zu dem automatischen Notruf überreden lassen sollen, falls jemand sich unbefugt in sein Netz einhackt und darin manuell sein Unwesen treibt - versucht er seine Frau Barbara zu alarmieren. Nicht, dass alles zu spät ist, dass die Einbrecher zur Tat schreiten können und seine Frau das Opfer eines unkontrolliert verlaufenden Verbrechens wird, womöglich schon geworden ist. In Panik und demütig dankbar zugleich, dass ihm das Smart

Home-System hoffentlich das Leben seiner geliebten Barbara gerettet hat, greift er zum Hörer. Seine Anrufe werden nicht beantwortet, an ihr Mobiltelefon geht sie auch nicht, er weiß sich keinen anderen Rat, als die Polizei anzurufen.

Nachdem er schon die ersten beiden Einsen gewählt hat, entdeckt er auf Kamera 2 seine Gattin, offensichtlich wohlauf, soweit er es auf dem etwas unscharfen Bild erkennen kann. Erleichtert und die Verbindung zur Polizei unterbrechend dreht er sein Tablet nun vollständig zu Amstel um, der ihm gegenübersitzt.

„Gott sei Dank. Mensch, bin ich erleichtert. Der Hammer, oder? Ich kann mich gleich davon überzeugen, dass alles in bester Ordnung ist. Ein perfekter Schutz vor ungeliebten Gästen."

Amstel erblickt, bei sich allmählich verbessernder Bildqualität, nicht nur eine spärlich mit einem Morgenmantel bedeckte, soeben unzweifelhaft als Frau Guthbert identifizierte weibliche Person, sondern auch noch eine männliche Gestalt, die sich aus inniglicher Umarmung löst und geduckt Richtung Garten verschwindet.

Amstel kann dem Kollegen nur zustimmen:

„In der Tat, ein perfekter Schutz vor *ungeliebten* Gästen."

Burlander findet Entspannung

„Mal raus aus dem allen hier, mal richtig um die Familie kümmern, die freuen sich schon, hatten ja auch in letzter Zeit nicht so viel von ihrem Ehemann und Vater. Zwei Wochen mal die Seele baumeln lassen und das Handy maximal aus dem linken Augenwinkel kurz anblinzeln, so stelle ich mir das vor."

Rolf Burlander plaudert mit seinem Kollegen aus der Produktion über seine Vorahnung der nächsten zwei Wochen. Es ist Freitag, und morgen wird er mit seiner Frau Kirsten und den beiden Kindern Frida und Moritz in den Flieger nach Mallorca steigen. Wie er sich darauf freut.

Den Kollegen gegenüber hat er vor allem den kümmernden Vater und Ehemann gegeben, bei dem die Familie in den letzten Wochen, ach, was sagt er, Monaten, viel zu kurz gekommen ist. Immer diese Termine, dieser Stress, zum Fußball von Moritz ist er kaum noch gegangen, und Fridas erste Fortschritte beim Voltigieren kennt er auch nur von den Berichten seiner Frau und den kleinen niedlichen Videos auf dem Smartphone.

Wenn er ehrlich ist, geht es ihm aber vor allem um ihn selbst. Er hat die letzten Wochen gespürt, wie er ausbrennt, wie die Frische fehlt. Die Teambesprechungen waren nur noch ein einziger Krampf, er war sehr reizbar, fiel seinen Untergebenen (da bricht es wieder durch, wenn er sich nicht unter Kontrolle hat, fällt er wieder in den reaktionären Jargon zurück, sagt ´Untergebene` statt ´Mitarbeiterinnen und Mitarbeiter`) ständig ins Wort, hatte keine Geduld, sie ausreden zu lassen. Gestern war der Höhepunkt seines Fehlverhaltens, und er schämte sich hinterher ein wenig dafür: Gruber hatte wie immer bei den Regelmeetings den Kostenstellenbericht vorgetragen, oder besser: die ersten Zeilen desselben, als ihm Burlander gleich ins Wort fiel: „Lesen können wir alle, ersparen sie uns wertvolle Arbeitszeit und kommen sie zum Punkt." Als Gruber dann überhastet und ohne plausibilisierende Hinführung zur Punktlandung ansetzte, war es auch nicht gut: „Und wie kommen sie auf diese Interpretation?" Da platzte Gruber vor versammelter Mannschaft der Kragen, er lief rot an und konterte: „Wenn sie mir die Gelegenheit gegeben hätten, meine Ausführungen Schritt für Schritt vorzutragen und mir diese zwei Minuten, mehr wäre es nämlich nicht gewesen, gestattet hätten, würden sie diese Frage nicht stellen!" Gruber hatte sich hinterher noch persönlich bei ihm entschuldigt und Burlander, selbst ganz schuldbewusst, hatte Verständnis gezeigt und von dringend erforderlicher Auszeit gesprochen. Dieser konstruktive Dialog im Team, dieses Abwägen von Für und Wider, dieses Erreichen höherer Sphären durch das gemeinsame Ringen und Raufen, wie hatte er es geliebt – früher. Zugegeben, die Inputs seines Teams nutzte er meist nur für lautes Nachdenken, zur Ausformulierung seiner brillanten Gedankengänge, aber am Ende war das Ergebnis nur so zustande gekommen, dank ihm und – nicht zu unterschätzen -

seinen Souffleuren. Selten war er so entspannt wie in diesen Momenten, eine tiefe Befriedigung ergriff ihn dann, aber dieses Gefühl war zuletzt arg unter die Räder gekommen. Stattdessen herrschte Krampf statt Kampf, Spannung statt Entspannung.

Nun also ´Malle`. Wieder mal richtig entspannen, auftanken, regenerieren. Seine Lieben würden ihm dabei helfen. Und so stürzt er sich voller Vorfreude in den ersten Urlaubstag. Burlander schlägt seinen Kindern, quasi zum gegenseitigen, neuen Kennenlernen (er hat es tatsächlich so formuliert), eine Schlauchboot-Tour vor. Gut, die Playstation oder die gestreamten Filme sind vielleicht am ersten Tag nicht zu schlagen. Kirsten zeigt sofort Verständnis, nur leider nicht für Burlander, der sich wiederum über Kirstens Verständnis echauffiert. Da will man *einmal* etwas mit der Familie machen, ist denn das zu viel verlangt?

Tag zwei scheint besser zu laufen, jedenfalls bis 11 Uhr, also bis zum Ende des Frühstücks. Da erreicht ihn nämlich eine äußerst ernste Mail eines Mitarbeiters, und Burlander verbringt den Rest des Tages bis zum Abendessen nur mit Telefonaten, Mails, erneuten Konferenzen, Durchsicht von soeben angefertigten Dokumenten und Warten auf Rückrufe. Das wäre noch alles halb so schlimm, schließlich hat er ja noch genug Urlaubstage, wenn er nicht beim Dinner in äußerst ausdrucksschwache und kommunikationsgehemmte Gesichter seiner Lieben schauen müsste. Der Verweis darauf, dass solche Tage eben der Preis für die Finanzierung solcher Urlaube seien, verbessert die Stimmung auch nicht wirklich. „Oh, jetzt kommt wieder die Nummer vom aufopfernden Ernährer, der sich krumm macht für die Familie, damit es ihr gut geht!" So ein Abend anschließend allein auf dem Balkon hat auch was, unter anderen Vorzeichen zumindest, findet er.

Während für Burlander am dritten Tag Strandspaziergänge mit seiner Familie auf dem Programm stehen, haben die Kinder eine andere Agenda gebastelt. Demnach sind die neuen Ferienbekanntschaften, die man gestern in Ermangelung eines familiär-gemeinsamen Urlaubserlebnisses geschlossen hat, auf ihrer Prioritätenliste deutlich höher positioniert. Für den sich aufopfernden Ernährer ist da jedenfalls keine Zeit, dafür umso mehr für ausgiebige, hitzige Diskussion mit seiner lieben Kirsten, die mit „das ist dann halt die Quittung, die Kinder wissen sich halt zu helfen" die Bombenstimmung des gestrigen Abends konsequent fortsetzt.

Am vierten Tag wird Burlander wieder häufiger von seiner Firma begehrt, und er hat alle Hände voll zu tun, zwischendrin den entspannten, erholungsgeneigten Sonnyboy zu geben, was nicht wirklich gelingt, spätestens als Sand und Wind den Empfang seines Smartphones empfindlich beeinträchtigen. Immerhin hat Burlander die Arbeit mit an den Strand genommen – als Zeichen guten Willens. Aber die Koordination von beruflicher und privater Kommunikation stresst ihn doch arg.

Tag fünf macht nur allzu deutlich, dass Burlander zuletzt nicht mehr auf gewohnter geistiger Höhe war.

Er hatte sich noch zuhause um den Bootsausflug gekümmert, war dabei aber wohl beim Terminkalender des Anbieters in den falschen Monat geraten. Jetzt stehen die vier am Kai und schauen schnaufend und frustriert dem restlos ausgebuchten Ausflugsdampfer hinterher. „Dann gehen wir halt ein schönes Eis essen", beweist endgültig, dass ihm Instinkt und geistige Frische gänzlich abhandengekommen sind. Dank der wutentbrannten Flucht seines Trios bleibt ihm wenigsten der Anblick der beleidigten Gesichter erspart. Als es schon lange dunkel ist, gabeln ihn die drei am Hafen auf, sichtlich gut gelaunt (haben die etwas getrunken, die Kinder sind noch im Teenager-Alter?!), was ihm wiederum Gelegenheit gibt, die beleidigte Leberwurst zu spielen und mächtig aufzudrehen – jetzt ist er mal dran mit der Opferrolle!

Auch der sechste Tag will nicht recht gelingen, es könnte daran liegen, dass Burlander von seinen Strandnachbarn genervt ist, die die Musik zwei Dezibel über der Burlanderschen Toleranzschwelle aufdrehen und ihm dabei noch ziemlich nah auf die Pelle rücken. Die Diskussion mit den Proleten vom Teutonengrill endet jedenfalls nicht in einer Verbrüderungsszene.

Burlander gibt alles, da kam man ihm nichts vorwerfen, aber es ist wie verhext. Als ob sich jemand da oben für jeden Tag eine neue Gemeinheit ausgedacht hat, an einen chilligen Urlaub ist jedenfalls kaum mehr zu denken, jetzt, wo die ganze Entspannung in den verbliebenen drei Tagen eingefahren werden muss. Zum Schluss ist er nur noch dankbar, vom

Stress, den Erholungsanforderungen genügen zu müssen und daran kläglich zu scheitern, erlöst zu sein.

Heinz Burlander lässt sich bei seiner Rückkehr von seinem Team berichten, was passiert ist während seiner Zeit der Tiefenentspannung. Gruber hebt wieder an zu einem seiner Prosa-Vorträge, als ihn Burlander unterbricht: „Kommen sie zum Punkt, Gruber. Ihre und unsere Zeit ist kostbar." Er maßregelt ihn, als ob er nie weg gewesen wäre, als ob es seinen Urlaub nie gebraucht und nie gegeben hätte. Aber er hat jetzt endlich begriffen: nur hier und nur auf diese Art kann er richtig entspannen!

Ein Mann wie Ahlbäumer

Ihm eilt ein legendärer Ruf voraus: Friedrich Ahlbäumer ist ein Mann für alle Fälle. Schwierige Kunden, Chaos in der Buchhaltung, aufgebrachte Belegschaft, Start-ups an die Börse bringen, Venture Kapital einsammeln: Wenn es knifflig wird, die Sache verfahren ist oder zu scheitern droht, wenn das ganz große Rad gedreht werden muss, dann schlägt die Stunde von Friedrich Ahlbäumer.

Zuletzt hat er in China für die Konkurrenz gearbeitet und in Null-Komma-Nichts eine Niederlassung ´from scratch` entstehen lassen, sagt man. Obwohl Deutscher, scheint er nie in Deutschland gearbeitet zu haben, jedenfalls findet sich niemand, der etwas über ihn berichten könnte. Es weiß auch niemand, was Ahlbäumer gelernt hat, die Gerüchte besagen, etwas mit BWL, Wirtschaftsingenieurwesen, einige wollen in ihm einen diplomierten Erwachsenenpädagogen erkannt haben. Üblicherweise wären die sozialen Medien oder das Internet ein ergiebiger Quell umfangreicher personenbezogener Auskünfte, aber Ahlbäumer hat es offenbar vorgezogen, seiner Legendenbildung durch Verknappung seiner selbst einen kräftigen Schub zu verleihen. Man kann es auch übertreiben mit der informationellen Selbstbestimmung! Jedenfalls und ohne Zweifel: wer Friedrich Ahlbäumer in seinen Reihen hat, der kann sich glücklich schätzen.

Das scheinen auch die Gesellschafter der Rubica GmbH herausgefunden zu haben, die ihn verpflichten konnten für das Projekt ´BfR` (das Kürzel steht für ´Bares für Rares`). Der Auftrag: Das Unternehmen muss in die Hände von finanzstarken und zahlungswilligen Investoren gegeben werden, die Gesellschafter wollen Cash sehen! Eigentlich ist diese Transaktion mit der Enterprise Invest auch schon weit vorangeschritten, beide Seiten sind sich sehr nahe gekommen. Und dennoch: auf Seiten der Rubica herrscht bei dem ein oder anderen Gesellschafter auf einmal und eigentlich grundlos blanke Panik, es könne noch etwas schief laufen.

Ahlbäumer ist bei seinem Antritt erfreut zu hören, dass sein Transaktionsteam bereits intensive persönliche Beziehungen zu den Ansprechpartnern der Enterprise Invest aufbauen konnte. Er quittiert dies mit einem leicht wohlwollenden, zustimmenden Nicken.

Als die Enterprise Invest rascher als erwartet einen Letter of Intent unterschreibt und hierdurch Einsicht in unternehmensrelevante Dokumente und Daten erhält, weist Ahlbäumer seinen Spezialisten den Weg: „Aber Obacht meine Herren, ein Spiel dauert neunzig Minuten. Und lassen sie die Freunde von Enterprise Invest zur Mahnung und Beschleunigung des Ganzen wissen: ‚Nur der frühe Vogel fängt den Wurm.‘"

Als der Kaufpreis auf der Agenda steht, welcher zur freudigen Überraschung des Transaktionsteams der Rubica GmbH bereits unverhandelt weit über den Erwartungen liegt, weiß der Großdeuter Ahlbäumer zu berichten, dass man nicht allzu schnell klein beigeben darf und man idealerweise einen maximalen Preis erzielen sollte. Er habe vollstes (grammatikalisch-falsch, aber bewusst gesetzt) Vertrauen in die Verhandlungsführung seiner „Jungs und Mädels".

Und kurz bevor der Deal dann in trockenen Tüchern ist, was angesichts der geschmeidigen Zusammenarbeit der Transaktionsteams beider Firmen nur noch reine Formsache ist, sichert er sein Team zu allen Seiten durch „volles Vertrauen" ab – wenn auch ohne (falschen) Superlativ, aber dafür „zu jeder Zeit".

Ahlbäumer erweist sich auch mittendrin immer wieder als das kleine, aber entscheidende Rädchen, wenn die Dinge, aus seiner Sicht, ins Stocken zu geraten drohen. „Sie schaffen das!", „Haben sie es schon einmal mit ´Finanzwelt.com` versucht?", „So ein Projektleiterleben ist kein Zuckerschlecken", „Was nicht tötet härtet ab.", sind nur einige Kostproben seiner vielen, gleichermaßen richtungsweisenden wie Kraft spendenden Anweisungen und Hilfestellungen, ohne die ein Team nahezu kopflos und aufgeschmissen wäre, nicht nur dieses Team, aber dieses wohl ganz besonders.

„Ich hoffe, mein Urlaub nächste Woche wird so erholsam und harmonisch wie dieses Projekt", fasst ein Kollege zum Projektende die Arbeit und die Begleitumstände zusammen.

„Aber nur, wenn du nicht mit Ahlbäumer verreist", schränkt der Kollege - etwas undankbar - ein.

Bei der kleinen Feierstunde, welche für das Team aus Anlass des erfolgreichen Projektabschlusses gegeben wird und von Ahlbäumer im Vorfeld mit „Jetzt stehen *sie* mal im Mittelpunkt!", kommentiert wird, zeigt der Sprecher des Gesellschafterkreises zunächst seine Nähe zum operativen Geschäft. Er wisse um die kritischen Phasen, die Verzweiflung, als das Projekt unzählige Male auf des Messers Schneide stand, nah vor dem Abbruch, oder solle er besser sagen: vor dem Abgrund. Ahlbäumer habe ihm regelmäßig berichtet. Umso dankbarer sei er ihm, Ahlbäumer, dass er das Team immer wieder, auch wenn dieses oftmals kurz davor stand, alles hinzuschmeißen, aufgebaut, aufgerichtet, ihm Mut zugesprochen und neuen Schwung verliehen habe, und zwar durch fachlich-kluge Wegweisung, das Einbringen seines riesigen Erfahrungsschatzes und – last but not least – schlicht durch seine Persönlichkeit und Gravitas. Er selbst habe diese vertraulichen Vieraugen-Gespräche mit ihm, trotz des Ernstes der Lage, als ´lebensrettend` und – kleiner Scherz am Rande - ´Nachtschlaf-förderlich` empfunden. „Lieber Herr Ahlbäumer, ich kann sagen, ich habe viel von ihnen gelernt, v.a. wie man in solchen Situationen die Ruhe bewahrt."

Das Transaktionsteam solle wissen, dass ihm Anerkennung und Dank aller Eigner sicher sei, aber, „ohne ihre Leistungen schmälern zu wollen", hört ihn der erstaunte und im Boden versinkende Zuhörerkreis fortschreitend monologisieren, „in solch kritischen Phasen braucht es eben einen echten Leader,

einen Mann mit starken Nerven, mit ´Maß und Mitte`,
einen Mann wie Friedrich Ahlbäumer!"

Highend-Recruiting

Burkhard Finrich hatte sich fest vorgenommen, das Executive-Recruiting als dessen Leiter ´smarter` (er sprach sicherheitshalber von ´moderner`) aufzustellen. Allmählich war der ´war for talents` zu einem regelrechten Gemetzel ausgeartet, die mühsam vereinbarten Stillhalteabkommen zwischen den Wettbewerbern verliefen ein ums andere Mal im Sande und die Kosten für die Headhunter galoppierten davon. Man musste etwas tun, und Finrich hatte die perfekte Idee!

Sein Hauptaugenmerk würde zukünftig auf dem ´gewissen Etwas` des Unternehmens liegen, um die Attraktivität des Arbeitgebers in schwindelnde Höhen zu pimpen und die Konkurrenz alt aussehen zu lassen. Und bezogen auf die KandidatInnenansprache: einerseits exklusive und wertschätzende Betreuung, dem Objekt bzw. Subjekt der Begierde schmeichelnd. Andererseits dafür sorgen, dass sich das Begehren umkehrt, also die KandidatInnen das Unternehmen mehr wollen als umgekehrt. Das Unternehmen als Sehnsuchtsort, gewissermaßen!

Burkhard Finrich, da macht er sich ehrlich, hat diese Ideen vom letzten HR-Personalstrategie-Kongress hemmungslos ´abgekupfert`. Da gab es eine Keynote-Speech mit dem etwas gewollt-originellen Titel ´War for talents – psychologische Raffinesse statt altbackener Rekrutierungsmethoden!` Die Kandidaten wollen verführt werden, hieß es da, man muss das

Interesse langsam steigern, durch gepflegte Distanz die Firma als schwer erreichbar und damit umso attraktiver erscheinen lassen, gleichzeitig aber durch interne Firmenvertreter (bloß keine Externen, keine Headhunter) jede noch so kleine Regung, Empfindlichkeit und Emotion der Umworbenen seismographisch erspüren, etwas, das nur Interne, niemals aber externe Executive Searcher vermögen. Die Firma aufs Beste präsentieren, angesagte Gadgets einbringen, die Kandidaten müssen regelrecht ´wuschig` gemacht werden (Finrich hatte dieses Wort notiert, war sich aber bzgl. der Schreibweise nicht sicher). Und ganz wichtig: die ranghöchste Person, welche in den Rekrutierungsprozess eingebunden ist, erst kurz vor Vertragsabschluss auf der Bildfläche erscheinen lassen. Das Beste zum Schluss. Dieser ´hard to get`-Sog lässt den KandidatInnen keine Wahl, es treibt sie förmlich willenlos und ohnmächtig in die Arme des Unternehmens – Widerstand zwecklos.

Finrich war sofort angefixt und bereit, mit diesem tiefen Griff in die Psychokiste der Rekrutierung in den Krieg zu ziehen. Als Jurist war er diesen Psychotricks immer skeptisch gegenüber gewesen, aber in diesen Zeiten, wo man alle Finessen aufbieten musste, hatte er sich zu überwinden, mussten persönliche Neigungen dem Gesamtwohl der Firma untergeordnet werden.

Nun muss Finrich erstmals seit der Übernahme des neuen Jobs selbst ran und die Praxistauglichkeit seines Konzepts prüfen, mit persönlichem Einsatz um die Gunst eines Kandidaten für die Position des Chief Technology Officers kämpfen.

Energetisch aufgeladen von seinem eigenen Spirit startet er nun die Akquise des Top-Favoriten mit einem Abendessen in der Rotunde oben auf dem Petersberg bei Bonn. Im ersten Schritt muss das Vergnügen gepaart werden mit Exklusivität und der offensichtlichen Bereitschaft, viel für die Gunst des Umschwärmten zu investieren. Er nutzt die Gespräche, um nicht nur über seine, sondern auch über die durch die Bank interessanten Hobbys der Führungskräfte seines Unternehmens zu plaudern. „Da sieht man gleich das Niveau dieser Firma", weiß Finrich die Freizeitaktivitäten der Kollegenschaft richtig einzuordnen. Als Mark Baldus, der Umgarnte, von seinen Hobbys erzählen will, unterbricht ihn Finrich sogleich, um auch wirklich den richtigen Akzent zu setzen: „Das wird Herrn Behried auch sehr interessieren. Soweit ich weiß, ist er auch ein Golf-Aficionado, schon wegen der Konzentration und der frischen Luft." Finrich weiß, dass er gelegentlich mit dem Zaunpfahl winken und Behried, den CEO und potenziell-zukünftigen Vorgesetzten von Baldus, ins Spiel bringen muss.

„Wann kann ich denn nun mit Herrn Behried reden? Schließlich ist er meine direkte Bezugsperson, da müssen wir uns vorab über die Strategie austauschen – und unsere Chemie testen." Jetzt bloß keinen Fehler machen und wie jüngst erlernt das von Baldus ersehnte Gespräch etwas ´hard to get` erscheinen lassen. Behried habe furchtbar viel zu tun, flunkert Finrich, aber wenn man sich so gut wie einig sei, würde er sich gerne mit ihm treffen, schließlich sei ihm an Person und Position ganz viel gelegen usw. Einstweilen vertröstet er den Kandidaten mit einem Segeltrip am kommenden Samstag. Man muss schließlich alle Facetten der Persönlichkeit kennenlernen - glücklicherweise ist ein Sturmtief angesagt - und gleichzeitig die Firma von ihrer mondänen Seite präsentieren. Die firmeneigene Segeljacht macht jedenfalls ordentlich was her, etwas ´aufschneiden` kann nicht schaden.

Nach einem anschließenden Konzertabend in der Philharmonie in der folgenden Woche und einem erneuten Edelrestaurantbesuch macht Finrich dann endlich den Termin mit Behried klar. Er merkt, Baldus hat jetzt keine Lust mehr auf weitere Termine, der zukünftige Kollege will jetzt „endlich zu Potte kommen!", wie er etwas missmutig durchblicken lässt.

Genau da will Finrich ihn haben, Baldus muss das Gespräch mit Behried als Höhepunkt erleben, als Erlösung, nachdem die Spannung vorab ins Unerträgliche gesteigert wurde. Solch ein Gespräch ist nur noch zum ´High-Five` da, alles andere ist vorher ausgeräumt, wie bei den Gipfeltreffen der großen Industrienationen, wo die sogenannten Sherpas vorab die eigentlichen Verhandlungen führen und alle Hindernisse aus dem Weg räumen.

Finrich findet, so sein Zwischenfazit, er habe einen prima Job gemacht. Sich streng an sein Konzept, also die inhalierte Keynote-Speech samt ihrer Strategie des psychologisch-versierten Employer Brandings gehalten. Selbst wenn es leicht und ungezwungen wirkte, war doch alles hochprofessionell und minutiös vorbereitet. Er hat eindrucksvoll bewiesen, was qualitativhochwertiges Recruiting, modern verstanden, alles bewirken kann.

Zwei Tage vor dem Treffen mit Behried ruft Baldus bei Finrich an. Er wirkt umständlich, druckst herum, spricht von großartigen Gesprächen und Erlebnissen und dass er das Unternehmen auf das Beste hat kennenlernen dürfen. Die Firma sei wirklich auf dem höchsten Niveau, aber dennoch müsse er Finrich leider mitteilen, „dass ich meinen Zuschlag einer anderen Firma gegeben habe, da hat sich letzte Woche kurzfristig etwas ergeben. Die ist kleiner, sicherlich weniger bekannt, aber dafür mit einer sehr direkten und persönlichen Atmosphäre. Der CEO hat sich gleich mit mir in der Apfelweinkneipe getroffen und am nächsten Tag bin ich zu ihm nach Hause gefahren. Das hat mich sehr für ihn und die Firma eingenommen. Ich war echt beeindruckt, wie schnell man da Nägel mit Köpfen macht und sich gleich von höchster Stelle persönlich einbringt."

Finrich ereilt noch während Baldus´ Ausführungen der geniale Gedanke, nächstes Jahr auf dem HR-Personalstrategie-Kongress die Keynote-Speech zu halten. Er notiert voller innerer Vorfreude das Thema: ´War for talents –´altbackene` Rekrutierungsmethoden statt psychologischer Raffinesse!`